教育部新编小学语文教材指定阅读书系

古希腊罗马神话故事

弘丰　主编

青岛出版社
QINGDAO PUBLISHING HOUSE

目录

CONTENTS

普罗米修斯

人类的产生

天和地被创造出来，大海在起伏跌宕，鱼儿在水里嬉游，群鸟在空中飞翔歌唱，地面上挤满各种动物，但还没有那种体内有灵魂并能统治人间的动物。这时，普罗米修斯踏上了大地。他是被宙斯废黜神位的老一代神的后裔，是地母与乌剌诺斯所生的伊阿珀托斯的儿子。他清楚地知道，上天的种子就蛰伏在泥土里。于是，他掘取了些泥土，用河水把泥土弄湿，然后按照主宰世界的天神的形象揉捏成一个人体。为了让这泥做的人体获得生命，他从各种动物的心里摄取善与恶，再把这善与恶封闭在人体中。在天神之中，他有一个朋友——智慧女神雅典娜。雅典娜很欣赏这个提坦之子的创造，便把灵魂即神灵的呼吸吹进这仅有半个生命的泥人心里。

这样，就产生了最初的人，不久他们便四处繁衍，遍布大地。但是他们在很长的时间里都不知道如何使用他们高贵的四肢和神赐的灵魂。他们视而不见，听而不闻。他们像梦境中的人一样四处奔走，不知道如何利用人间万物。他们不会采石凿石，不会用黏土烧砖，不会用森林里砍伐来的木料做成大梁和椽子，并用这些材料修建房屋。他们像终日忙忙碌碌的蚂蚁一样聚居在地下，生活在不见阳光的地洞里，不能根据可靠的标志分辨冬天、繁花似锦的春天和丰收在望的夏日。他们所做的一切都杂乱无章，毫无计划。

于是普罗米修斯便来帮助他们，教他们观察星辰的升降、计算的方法和创造文字。他教他们驾驭牲畜，使它们承担人类的一部分劳动。他让马匹养成上套拉车的习惯，发明适于海上航行的船和帆。他也关注人类其余的生活起居。从前，一个人如果生病，便束手无策，不知道吃什么喝什么有益于康复，不懂得通过服药减轻自己的痛苦，最终由于没被医治而凄惨地死去。现在，普罗米修斯告诉他们如何调制药剂来驱除各种各样的疾病。他又教他们预言者的本领，给他们解释先兆和梦，说明鸟雀飞翔和死亡的预兆。他引导他们勘察地下，让他们发现地下的矿石、铁、银和金。一句话，他把生活的技能和工具都向他们作了介绍。

潘多拉的盒子

不久前，宙斯夺取了他父亲的神位，罢黜了老一代神明。现在是宙斯和他的儿子们统治着天国。普罗米修斯则是老一代神明的后裔。

现在，新的神明注意到了这刚刚产生的人类。他们要求人类敬奉他们，以此换取他们很愿意向人类提供的保护。在希腊的墨科涅，人和神举行了一次聚会，共同确定人类的权利和义务。普罗米修斯以人类辩护人的身份参加了这次会议。他提出，诸神不应因为负有保护的责任而让人类承担过重的义务。

普罗米修斯聪颖过人，决计愚弄一下众神。他以他的创造物的名义宰杀了一头大公牛，请天神们选取自己所喜欢的那一部分。他把宰杀后的牛切开分成两堆：堆在牛皮底下的是肉、内脏和很多脂肪，牛皮上边放着牛的胃；另一堆里是光秃的骨头，但被非常巧妙地裹在牛的板油里，且这一堆还大一些。

众神的君父，全知全能的宙斯一眼就看穿了普罗米修斯的骗局，说道："伊阿珀托斯的儿子啊，尊贵的国王，我的好友，你分配得多么不公平啊！"普罗米修斯以为他已骗过宙斯，便暗自微笑着说："尊贵的宙斯，永恒众神中最伟大的神，请选取中你意的一堆吧！"宙斯勃然大怒，故意用双手抓住那块白色的板油。他把板油剥开后看见了光秃秃的骨头，装出刚刚才发现自己上当受骗的样子，气愤地说："我看得很清楚，你还没丢掉你骗人的伎俩。"

宙斯决定报复普罗米修斯的欺骗，拒绝给予人类为实现文明所急需的最后的赠品——火。但机智的伊阿珀托斯的儿子却想出了办法加以补救。他拿了一个坚挺的大茴香枝，到天上去靠近从旁经过的太阳车，把这个木枝往那闪光的火焰里一杵便得到了火种。他带着这个火种降到大地上，木堆燃烧的熊熊火光随即直冲云霄。当宙斯看见人间竟有照得如此遥远的火光升起时，他的灵魂深处感到钻心的疼痛。既然人类已经能够用火，就不能从他们手中把火夺走了。为了抵消火给予人类的利益，他立刻想出一种新的灾害。他要求因技艺高超而闻名遐迩的火神赫淮斯托斯为他造出一个美丽少女的形象。

雅典娜由于嫉妒普罗米修斯，已对他不抱好感，因此给这个少女披上了闪亮的白色外衣，让那姑娘戴着下垂的面纱，头上戴着饰以鲜花的花冠，束着一个金发带。神的使者赫耳墨斯使这迷人的少女获得说话的能力，爱神阿佛洛狄忒则使她具有一切妩媚可爱的姿态。宙斯创造了这样一个让人迷恋的灾祸，给她取名潘多拉，意思是“神赐能力的女子”，因为每一个神都给了她一件使人类遭灾受难的赠品。

随后，宙斯便把这个少女带到人与神愉快漫步的大地上。人人都对这无与伦比的女子赞不绝口。她走向普罗米修斯过分天真的兄弟厄庇墨透斯，把宙斯的赠品送给他。

普罗米修斯曾警告过厄庇墨透斯，不要接受奥林波斯山上的宙斯的赠品，以免人类遭到灾难。但这警告没有起到作用。厄庇墨透斯忘却了警告，接纳了美丽的少女潘多拉。直到灾祸降临，他才意识到。迄今为止，人类还没遭到灾难的侵扰，人世间没有过分繁重的劳动，也没有折磨人的疾病。这个女子双手捧着她的赠品——一个有盖的大盒子。她刚刚来到厄庇墨透斯身边，就掀开盒盖，一大群灾害立刻从盒子里飞出，闪电般散布大地。盒中唯一的一件好的赠

品——希望，却被藏在盒底；但潘多拉按照众神之父的旨意趁它没来得及飞出时，盖上了盒盖，把它永远留在盒内。

于是灾难以各种各样的形式充斥大地、天空和海洋。疾病在人群中四处蔓延，日夜不停又悄无声息，因为宙斯没有赋予它们声音。各种各样的热病侵袭大地，而从前缓步潜行在人类中的死神如今也快步如飞地奔跑起来。

被缚的普罗米修斯

此后，宙斯便转而向普罗米修斯复仇。他把这个罪人交给了赫淮斯托斯和号称强制和暴力的两个仆人克拉托斯和比亚。他们奉命把普罗米修斯拖到斯库提亚的荒野，用挣不断的铁链把他锁在令人目眩的高加索山的峭壁上，峭壁之下是万丈深渊。赫淮斯托斯很不愿意完成父亲所交托的任务，因为他爱这个提坦之子，他知道普罗米修斯是他曾祖父乌剌诺斯的亲缘子孙，也是神的后裔。他说了几句无限同情的话，不料竟受到粗野的仆从们的谴责。出于无奈，他只好让仆从们完成了这残酷的任务。

这样，普罗米修斯被吊在悬崖绝壁上。他必须直挺挺地悬着，不能睡觉，也不能弯曲疲惫的双膝。“你发出的哀怨和悲叹都是徒劳的。”赫淮斯托斯对他说，“宙斯的意愿是不可改变的，不久前才夺得天国统治权的新神都是冷酷的。”

这个囚徒的痛苦被判定是永久的，或将延续三万年之久。尽管他大声悲叹，呼唤风、河海的波涛、万物之母大地和洞察一切的太阳为他的苦难作证，但他的意志是坚定不移的。“一个人在不可抗拒的命运面前，”他说，“定会忍受命中注定的一切。”他曾预言：新的婚姻将使诸神的主宰者堕落和毁灭。不管宙斯怎样威胁他，他也不详细说明这似明犹暗的预言。

宙斯是说一不二的。他派出一只鹰每天啄食这个囚徒的肝脏，而那肝脏被吃去多少就又重新长出多少来。在没有一个人自愿出来替他受罪之前，这种痛苦是不会停止的。

这个不幸者得到解救的一天终于来了。普罗米修斯被吊在悬崖上忍受了数百年之久的折磨之后，赫剌克勒斯为了寻找金苹果路过这里。当赫剌克勒斯看到神的后代普罗米修斯被吊在高加索山上，正希望向普罗米修斯请教良策时，赫剌克勒斯马上对被囚禁者心生怜悯，因为赫剌克勒斯看见一只恶鹰正立在被囚禁者的膝头啄食他的肝脏。于是他把木棒和狮皮甩在身后，弯弓搭箭，一箭就把那只恶鹰从受苦者的肝脏上射了下去。接着，他解开锁链，把重获自由的普罗米修斯带走了。但为了满足宙斯的条件，他让自愿放弃永生而去受死的马人喀戎做了普罗米修斯的替身。宙斯既然已经作出判决，要将普罗米修斯永远吊在悬崖上受苦，现在为了维持这个判决，必须让普罗米修斯永远戴着一个铁环，铁环的另一端拴上一小块高加索山崖的石头。这样，宙斯便能自豪地说，他的敌人还一直被锁在高加索山上。

丢卡利翁和皮拉

上古的人类定居尘世间，他们的种种罪行传到世界统治者宙斯耳中以后，宙斯便决定亲自到人间去察访。但他发现，实际情况比传闻还要严重。

阿耳卡狄亚国王吕卡翁一向以野蛮凶残闻名。一天夜色已深，宙斯来到待人冷淡的吕卡翁的王宫。宙斯发出几个神迹的信号，暗示神已到来，众人立即对神顶礼膜拜。吕卡翁却嘲笑他们这种虔诚的祷祝。他说：“那就让我们看看他是人还是神吧！”他暗自决定，趁客人半夜熟睡把他杀死。

吕卡翁先是杀了摩罗西亚人送来的一个可怜的人质，把还没有断气的人质的一半身体放在沸水里煮，另一半身体放在火上烤，以此作为晚餐献给客人。洞察一切的宙斯从桌边一跃而起，燃起复仇的火焰，让这个心中无神者的宫殿顿时燃烧起来。这个国王惊慌失措地逃到旷野里去。他痛苦的叫声变成了动物的嗥叫，他的王袍变成了长满兽毛的皮，他的胳膊变成了前腿，他整个人变成了一只嗜血的狼。

宙斯回到奥林波斯山，与众神商量，打算消灭罪恶的人类。他原想向整个大地投射闪电，却又害怕大火殃及天国，烧毁宇宙的轴。于是他便把库克罗普斯为他炼造的雷电放在一边，决定天降暴雨，让人类淹死在洪水中。这时，能驱散雨云的北风和其他一切可使天空明净的风都被锁进了埃俄罗斯的岩洞里，他只把能带来降雨的南风派了出来。南风拍打着湿淋淋的翅膀飞向大地。伸手不见五指的黑暗遮住南风可怕的脸，浓云掩盖着他的胡须，波涛在他那满头的白发里滚动，雾霭压在他的前额上，大水从他的胸脯喷涌而出。南风悬在空中，用手抓住巨大的乌云，挤压它们。于是，雷声隆隆，大雨如注。暴雨成灾，淹没了庄稼，农民的希望化为泡影，一整年的辛勤劳作毁于一旦。

海神波塞冬也来帮助他的兄长宙斯进行这一次破坏行动。他把所有的江河召集起来说："你们要冲进一切房屋，摧毁所有堤坝！"他们全部一丝不苟地执行海神的命令，波塞冬本人也挥起他的三叉神戟刺穿地层，使足气力摇动，为洪水开辟道路。

这样，河流便流过开阔的田野，淹没了耕地，冲倒了树木，冲毁了庙宇和房屋。就算有一个宫殿还屹然矗立，大水也会很快盖过它的屋顶，最高的塔楼也会被漩涡吞噬。转眼间，便再也分不清哪里是海，哪里是陆地，整个世界都成了一片汪洋。

人类想尽一切办法自救。有人爬到最高的山上，有人跳上小船航行在淹没的屋顶上或自家葡萄园的山丘上，船底甚至都触到了葡萄藤。鱼儿在树林的粗枝间拼命地游动。波浪追逐着急奔不迭的野猪。人们几乎都被大水冲走，那些没被波涛卷走的人也都饿死在荒山野坡上。

在福喀斯地面，有一座高山的两个山峰依然高耸在洪水之上。这就是帕耳那索斯山。丢卡利翁和他的妻子皮拉乘小船漂到了这座山上，因为丢卡利翁是普罗米修斯的儿子，父亲曾对他发出过有关洪水的警告，并且为他造了一只小船。被创造的男人和女人再没有比他们更正直和敬神的。宙斯从天上往下界一看，看见大地成为无边的海洋，只剩下了这一对男女，而他俩又都是无罪的、虔诚敬神的，宙斯便放出北风，驱逐黑压压的浓云，命令北风把雾霭带走。他让天又看见了地，让地又看见了天。海神波塞冬也放下三叉神戟，让洪水平静下来。大海现出海岸，江河返回河床，树林从深水里伸出沾满泥浆的树梢，群山随之出现，最后平坦的陆地又展现在眼前。

丢卡利翁四处张望，发现土地荒芜，如同墓地一样死寂。看到这样的景象，眼泪禁不住从他

的面颊上滚落下来。他对妻子皮拉说："亲爱的，目极所至，我看不见一个活人。现在大地上的人类只剩我们两个了，别人都淹死在洪水里了，可是我们也没有把握能活下去。每一片云都使我充满恐惧。即使一切危险都已经过去，我们两个孤独无助的人又能在这荒凉的大地上做什么呢？啊，当初我的父亲普罗米修斯要是把捏泥造人和注灵魂入泥人的本领教给了我，该多好啊！"

他说了这席话，这一对孤寂的夫妻不禁哭了起来。然后，他们屈膝跪在半荒废的忒弥斯女神的祭坛前，向女神祈祷："女神啊，请告知我们，用什么办法我们才能再造出已经遭受毁灭的人类种族？请帮助这沉沦的世界重新充满生机吧！"

"你们要离开我的圣坛，"女神的声音传来，"蒙上你们的头，解开你们系着腰带的衣服，把你们母亲的骨骼扔到你们的背后！"

夫妻二人好一阵子都对这谜语般的神谕感到惊异。皮拉首先打破沉默。"请宽恕我，尊贵的女神。"她说，"虽然我现在吓得缩成一团，但恕我不能听从你。我不能拆散我母亲的骨骼，伤害她的阴魂！"

丢卡利翁似被一道闪电击中般幡然醒悟。他亲切地抚慰妻子说："除非我的理解有误，否则神祇永远不会让我们做错事！我们伟大的母亲不就是大地吗？她的骨头不就是石头吗？皮拉，神是让我们把石头扔到身后去呀！"

他们对这道神谕又怀疑了好一阵子，后来转念一想，试试又何妨？他们走到一旁，按神谕的指示蒙上头，松开系衣服的带子，往背后扔起石头来。这时，出现了一个伟大的奇迹：石头开始失去坚硬易碎的特性，变得富有弹性，而且长高成形了。石头本身显现出人的形象，不过还不十分清楚，只是粗略的形体，或者说很像雕刻家刚用大理石雕琢出来的人体的雏形。石头沾泥湿润的部位变成了身体上的肌肉；坚硬而结实的部分变成了骨骼；石头上的纹理留在原处，成了人体的筋脉。

就这样，借助于神的佑护，在很短的时间里，男人抛出去的石头变成了男人，女人抛出去的石头变成了女人。

法厄同

太阳神的宫殿有华丽的大圆柱支撑，镶在柱子上面的发光的黄金和似火的红宝石闪着耀眼的光辉。屋顶的最高处有象牙环抱，两扇银质的门发着白光，门上精心雕刻着神奇美丽的故事。太阳神赫利俄斯的儿子法厄同走进宫殿要求见他父亲。但他在离父亲很远的地方就站住了，因为再靠近，他就无法忍受那灼热的光。

父亲赫利俄斯身穿紫袍，坐在他那镶着璀璨的绿宝石的宝座上。他的左右依次站着他的随从：日神、月神、年神、世纪神和四季神。年轻的春神头戴饰以鲜花的花环，夏神戴着绺绺麦穗编织的花冠，秋神手持装满葡萄的丰饶角，冰冷的冬神则披着一头雪白的卷发。坐在中央的赫利俄斯圆睁慧眼，很快就看见这个青年正对如此之多的奇迹啧啧称奇。“你为什么到这里来了？”他说，“是什么事促使你来到你身为神明的父亲的宫殿，我的儿子？”法厄同回答：“尊贵的父亲，尘世的人都嘲笑我，辱骂我的母亲克吕墨涅。他们说我的天神出身是假的，说我是一个不知名的父亲的儿子。因此我来请求你给我一个能向世人证明我是你真正后代的机会。”

赫利俄斯收回围在头部的光芒，让他的儿子走近前去。赫利俄斯亲热地拥抱了法厄同，说：“我的儿子，我当然是你的父亲啦。你的母亲是克吕墨涅。为了让你不再心存疑惑，你就向我要一件礼物吧！我像诸神一样指着冥府的斯堤克斯河发誓，不管你提出什么请求，我都满足你！”等父亲一说完，法厄同急不可耐地说：“那你就满足我最强烈的愿望吧，允许我驾驶一天你的太阳飞车吧！”

太阳神的脸上露出吃惊和后悔的神色。他三番五次地摇了摇他闪着金光的头，终于高声说道：“哦，我的儿子，你诱导我说了一句不够理智的话！哦，我要是不向你做出那样的许诺该多好！你渴望做的事情，是你力所不及的。你太年轻，又是凡人，你希望做的是神做的事！你所要求的，不是其余的神都能做到的事，因为除了我，谁也不能站在喷着灼热气浪的车轴上。我的车的必经之路很陡峭，我精力充沛的马大清早就得吃力地攀登这条路。路程的中间是天之绝顶。相信我，当我站在车上亲临这样的高度时，我也常常有些恐惧。当我俯瞰下界，看到海洋和陆地与我相去万里之遥时，我的头也难免眩晕。最后，路又变得急转直下，这时需要稳稳地驾驭，就连海的女神忒提斯都怕我从天上坠入海中。此外，必须考虑到天在不停地旋转，我必须得适应这种无比剧烈的回旋。如果我把车交给你，你怎么能驾驶它呢？因此，我亲爱的儿子，你就别要求得到这样一件糟糕的礼物了。趁还有时间，你赶快改换一个好一点的愿望吧！好好瞧一瞧我这惊恐的脸，你可以从我的眼睛里看到我的忧虑。你还是另要一个任天上地下你想要的好东西吧！我指着斯堤克斯发誓，你一定会得到它。你为什么这样狂热地拥抱我呀？”

但这个青年没完没了地恳求着，而父亲已经立下了神圣的誓言。

因此，太阳神只好牵着儿子的手，把他领到太阳车那里去。车辕、车轴和轮缘都是金的，轮辐是银的，轭上闪烁着橄榄石和其他宝石的光芒。当法厄同正在专心地赞赏这些精美的工艺时，黎明女神在泛着红光的东方打开了紫色的大门和摆满玫瑰花的前厅的门窗。星星渐渐消逝，晨星是天边最后离开岗位的星，月亮最外边的弯角也失去了光影。这时赫利俄斯命令长着翅膀的时序女神套马，女神们就把饱食仙草的喷着火光的马匹牵出马厩，套上华丽的辔头。

这时，父亲往儿子的脸上涂上神异的油膏，好让他忍受得了熊熊火焰的炙烤。赫利俄斯把日光金冠戴在儿子头上，却又叹息一声，提醒儿子："孩子，别用钉棒打马，只需紧握缰绳，马会自动飞驰，你要尽量让它们跑得慢一些。你要走的路是倾斜着的大弧线，千万不要靠近南极和北极。你将从遗留的车撤发现道路。不要下倾得太低，否则大地会着火；也不要太高，否则会烧了天国。去吧，黑暗已经过去，攥住缰绳吧。或者，现在还来得及再考虑一下，我亲爱的孩子！还是把车留给我，让我给世界送去光明，你留下来观看吧。"

这个青年好像根本就没听见父亲的话，一跃到车上，十分高兴地把缰绳抓在手中，向忧心忡忡的父亲点头表示感谢。四匹飞马对着天空嘶鸣，用蹄子踢踏大门。对孙儿命运一无所知的老祖母忒提斯打开了大门。无限辽阔的世界展现在青年的眼前，骏马沿着轨道起飞，冲破面前的晓雾。

骏马明显感到轭比往常轻得多。它们拉的车没有足够的重量，就像大海里摇晃着的船一样，在空气中摇摆晃动。车好像空了似的，冲得很高，向前驶去。

当骏马觉察到这种情况时，它们不再按规矩奔跑，而是脱离既定轨道飞驰起来。法厄同开始发抖。他不知道往哪边拉缰绳，不知道路在哪里，也不知道怎样制服野性的马。当这个不幸的人从高高的天边俯瞰下界，看见既辽阔又遥远的陆地在他脚下徐徐展开时，他突然吓得脸色煞白，双膝颤抖。身后的天已经离他很远，但眼前的地离他更远。他心中计算着前方和后方的距离。他呆呆地望着远方，不知怎么办才好。他既不敢放松缰绳，也不敢拉紧缰绳。他想要呼唤那几匹马，但又不知道它们的名字。他十分恐惧地看着挂在天边的众多形状各异的星座。他吓得手脚冰凉，缰绳从手里滑落，马匹即刻脱离轨道，跳到陌生的地方，一会儿向上奔，一会儿向下跑。它们时而冲向星星；时而下降，向靠近大地的小道倾斜。它们掠过云层，云层立刻冒出白烟。车子越来越低地往下冲，直到车轮触到地面的高山。

这时，土地因为受炽热的烘烤而干裂。一切汁液都已被烤干，草木枯槁，森林起火。很快，大火蔓延到平原，庄稼被烧得颗粒全无。所有的城市都冒着熊熊的烈火，所有的国家连同居民都被烧成了灰烬。周围的山丘、树林和高山也都起了大火。江河干涸或倒流，大海凝缩，此前还是湖海的地方，现在都变成了干燥的沙地。

法厄同看见地球上的四面八方都着了火。他很快也忍受不了烤灼。他好像从滚热的火炉中吸入了炙热的空气，烧得通红的车正烤

着他的足心。他已无法忍受大地燃烧的浓烟和灰烬。浓重的烟雾和黑暗包围着他，马拖着他任意飞奔。最后，他全身燃烧着从空中打着旋坠落，像一颗流星划破天际疾驰而下。在离他的故乡很远的地方，一条名为厄里达诺斯的宽阔的河接纳了他，不断地冲击着他那烧得焦煳的脸。

法厄同的父亲亲眼看到了这一切，抱头陷入深深的悲愁之中。据说这一天世上没有阳光，是大火照亮了人间大地。

欧罗巴

在太尔和西顿之间有一个腓尼基王国，王国里有一个名叫欧罗巴的少女，她是国王阿革诺耳的女儿，一直生活在父亲那几乎与世隔绝的宫殿里。半夜后，宫里的人总做一些虚幻但真实的梦；这一天夜里，一个奇异的梦从天而降，造访了这个少女。她觉得，好像有两个大陆，即亚细亚及其相对的大陆，变成了两个女人，二人争着抢着要把她据为己有。一个女人是一副异国人的模样；另一个女人亚细亚的长相和举止都和本地人一样，以温存的热情争取欧罗巴，说欧罗巴是自己生养的爱女。而那个异乡的女人却像对待战利品似的，把欧罗巴紧紧地抱在怀里，不等她有所反抗，便把她带走了。

“跟我走吧，亲爱的姑娘，”异国女人说，“我把你当作战利品带到持盾者宙斯那里去，这是你命中注定的归宿。”

欧罗巴醒来，心还怦怦直跳。她从卧榻上坐起来，因为夜晚的梦真实得和白天的景象一样。她挺直腰板，一动不动地在床上坐了很长时间，圆睁两眼呆呆地望着前面，仿佛那两个女人还站在眼前。后来她才张开嘴，惊恐不安地自言自语道：“是哪一位天神让我做了这样一个梦？我在父亲的王宫里睡得又香又安稳，为什么有这样不可思议的梦吓得我心慌？我梦见的这个异乡女人是谁呀？我心里对她产生了一种奇怪的思慕啊！她向我走来时态度多么可亲！就连她把我强行带走时，那微笑的目光也流露着一种母爱！愿天神使我的梦成为吉祥的兆头！”

到了清晨，灿烂的阳光从少女心中抹去了梦中的阴影。欧罗巴起来后就去忙她少女生活的琐事和娱乐。不久，同龄朋友和伙伴以及贵族家的小姐就聚集在她周围了，这些人时常陪她唱歌跳舞、散步和祭神。她们今天又来邀请公主到鲜花遍野的草地和海边去散心，在那里欣赏盛开的鲜花，倾听大海波涛轰轰的回响。所有姑娘都穿着漂亮的绣花长袍，欧罗巴本人则身穿一件极美的金线刺绣的拖裙，裙裾上绣着神话传说的光辉画面。这华贵的衣裙是赫淮斯托斯的一件作品，是很久以前大地的震撼者波塞冬求爱时献给利彼亚的礼物。从那时，它便被当作传家之宝一代一代地传到了阿革诺耳的家中。可爱的欧罗巴穿着这身新娘的盛装，带领着她的女伴跑到开满五颜六色鲜花的草地上去，到处都飘荡着这群少女的欢声笑语，每个人都采摘自己心爱的花朵。

采集了足够的鲜花以后，她们便围着欧罗巴坐在草地上编花环。她们打算把这些花环挂在刚抽芽的树枝上，作为献给草地女神们的谢礼。但命运没让欧罗巴太久地用情于鲜花，因为梦里预言的命运突然改变了欧罗巴无忧无虑的少女生活。宙斯为年轻的欧罗巴所倾倒。因为他害怕惹恼嫉妒心重的赫拉，同时也不希望迷惑这个少女纯洁的意念，所以这位狡猾的神想出了一个诡计。他改变形象，变成一头公牛。但那是一头什么样的公牛啊！它不像一头在草地上吃草，或驾轭俯首，拉着重载车辆的普通的公牛。不！它身材高大而俊美，脖子略粗，肩很宽；它的角小巧玲珑，像精心雕琢出来的一般，比纯净的宝石还要透明；它身上的颜色是金黄的，只是在前额上闪烁着一个月牙形的银白色标记；它的淡蓝色的眼睛透露着倾慕的柔情。

宙斯在改变形象前，曾把赫耳墨斯叫到奥林波斯山来，对自己的意图秘而不宣，只说："我亲爱的儿子，你赶快去办一件事！你看见下面偏左的那个地方了吗？那是腓尼基。你到那里去，把阿革诺耳国王的畜群赶到海边去。"不大工夫，这位背有飞翼的神就飞到了西顿的山间牧场，把阿革诺耳国王的牛群赶到山下海边，在国王的女儿和太尔的姑娘们无忧无虑地编织花环的草地上，以公牛形象出现的宙斯就在牛群当中，只不过赫耳墨斯一点儿也不知道罢了。

大部分牛零零落落地散布在离少女们很远的草地上，只有宙斯化身的那头美丽的公牛慢慢走近欧罗巴和她的伙伴们所在的那个草坡。它十分优雅地在茂密的草丛中信步走来，前额并没有现出威胁的表征，发光的眼睛也不可怕，整个外表都充满着柔情。欧罗巴和年轻女伴们都很欣赏这头牛高贵的形体和平和的神态，甚至都想就近好好地看看它，抚摩抚摩它那油光水滑的背。公牛好像觉察到了这一点，因为它越走越近，最后站到欧罗巴的面前。欧罗巴立刻跳开，往后退了几步。直到公牛驯服地停住时，她才鼓起勇气，又向前走，把花束举到它吐着白沫的嘴边。它讨好地舔着鲜花，舔着那只抹去它嘴角泡沫的、亲切地抚摩着它的温柔的手。这头俊美的牛越来越讨少女的喜欢了，她甚至大胆地吻了一下它那光灿灿的前额。这时，牛快乐地哞哞叫了几声，但跟普通牛的叫声不同，这叫声很像震荡在山谷里的吕狄亚人的笛声。然后，它蹲伏在美丽的公主脚下，无限渴慕地望着她，对她转动了一下脖子，向她展示宽阔的脊背。

欧罗巴对她的那些年轻女伴说："都走近一点吧，亲爱的伙伴，让我们坐到这头美丽的公牛背上吧，一定很有趣。我想，它像一艘大船一样能容纳我们四个人坐下。瞧它多温顺，多可爱！和别的牛完全不同。它真的像人一样会思想，只是不会说话罢了。"她一边说，一边从女伴手中接过花环，把花环一个个挂到公牛低垂的牛角上。接着，她微笑着一跃而上了牛背，她的女友却仍在犹豫不决地看着她。

公牛的目的达到了，就从地上站了起来，驮着少女相当缓慢地走着，就算这样，女伴们也跟不上她。当它把草地抛在背后，眼前展现出一望无际的海岸时，它加快了行走的速度，不再像一头小跑的公牛，而像一匹飞腾的骏马。少女还没来得及想，它就纵身跳到海里，带着少女向深海游去。少女用右手紧握牛角，用左手支撑在公牛的背上。风吹起她的衣裙，像鼓起一个风帆。她怯生生地回头望着远离的陆地，呼唤她的女伴，但纯属白费气力。

公牛向前游去，像一只漂荡的船。不久，海岸消失了，太阳落下去。在微明的夜色中，这不幸的少女环顾四周，除了波涛和星辰，什么也看不见。第二天早上，公牛又开始游了。这一整天少女都坐在牛背上越过无边无际的洪流向前漂游。不过，这头公牛能够灵活地避开波浪，所以它可爱的姑娘身上没被溅上一滴水。傍晚，他们终于到达远方的一个海岸。公牛跳上岸，让少女在一棵拱形的树下轻轻地从它背上滑下去，便在她眼前消失了。原地出现一个天神一样的英俊男子。男子对她说，他是克瑞忒岛的统治者，如果她愿意嫁给他，将得到他的保护。由于无望和孤立无援，欧罗巴把手伸给他，表示同意。这样，宙斯最终实现了愿望，但他像来时那样，又突然消失了。

早晨太阳升起来时，欧罗巴从长时间的昏睡中醒来。她目光慌乱地看看自己的四周，好像在寻找她的家园。“父亲，父亲！”她以刺耳的哀诉声喊着，同时想了想所发生的事，又高声说道：“我是个卑劣的女儿，我还有资格呼唤父亲吗？多么荒唐，我竟忘记了子女对父亲的爱！”她又望了望四周，好像回想起了一切，便对自己发问：“我是从哪里来的，我现在到了什么地方？”她用手心摸着眼睑，好像是想要抹掉那个可恨的梦。她拭目四下张望，各种陌生的景物一动不动地展现在她的眼前——四周全是叫不上名来的树木和悬岩，一股令人恐怖的海潮冲到岸边掀起巨大的浪涛。“哦，我现在要见到那头讨厌的公牛！”她绝望地喊道，“我要把它撕碎，不把它的角折断，我绝不罢手！尽管此前我觉得它很可爱！但这是多么不切实际的愿望啊！我不知羞耻地离开了家，现在除了死，我还能怎样呢？如果所有的神明都抛弃了我，那就请诸位天神派一头狮子、一头老虎来吧！说不定我的美貌会使它们食欲大增，这样我就不必等候饥饿来使我如花似玉的面颊枯萎凋零了。”

但没有一头野兽出现。陌生的地方宁静地伸展在她面前，给人增添了几分喜悦，太阳在万里无云的晴空上照耀着大地。好像有复仇女神在追击她，这个孤独的少女跳了起来。“苦命的欧罗巴，”她喊道，“你没听见你父亲的声音吗？他虽然不在你身边，但如果你不了结自己不光彩的生命，他也会诅咒你。他不是把那棵参秽树指给你了吗？你可以用腰带把自己吊死在那上边。他不是给你指点了那座高山悬崖了吗？你纵身从那上边跳下去，就可以葬身波涛汹涌的大海。或者说，你，一个国王的高贵的女儿，宁愿做一个野蛮国王的小妾，天天做他的奴隶，纺定额的羊毛？”

这个不幸的孤独少女就这样用寻死的想法折磨着自己，却又没有勇气去死。这时，突然传来嘲笑般的私语声，她以为有人偷听，便惊恐地朝后面看。在非尘世的光辉中，她看见女神阿佛洛狄忒站在面前，旁边还有女神的小儿子，那个带着弯弓的爱神厄洛斯。女神先是微微一笑，然后说：“不要生气，也无须争吵，美丽的姑娘！那头可恨的公牛就来，它会向你伸出双角让你折断。在你父亲的王宫里把那个梦送给你的，就是我。你要知足啊，欧罗巴！是宙斯把你抢来的。你是这位不可战胜的神在尘世间的妻子。你的名字将是永存的，因为现在收容你的这块大陆从此以后就叫欧罗巴！”

卡德摩斯

卡德摩斯是腓尼基国王阿革诺耳的儿子，欧罗巴的哥哥。在宙斯变形为公牛把少女欧罗巴拐走以后，阿革诺耳便派卡德摩斯带着兄弟们去寻找她，如果找不到她，就不准回去。卡德摩斯在世上乱闯了很长时间，也没能揭穿宙斯的诡计。他对找到妹妹已不抱希望，但又怕父亲发怒，便去向福玻斯·阿波罗请求神谕，询问自己将来应该生活在什么地方。阿波罗向他指明：“在一块偏僻的草地上，你将遇到一头没有负过轭的小牛。你让它领着你走，然后，你就在它栖息的草地上修建城池，给这城市取名忒拜。”

卡德摩斯刚刚离开阿波罗赐他神谕的所在地卡斯塔利亚圣泉，便在一片绿茵茵的牧场上看见一头脖子上没有负轭痕迹的牛。他不出声地一边向福玻斯做着祈祷，一边慢步跟着这头牛走。他涉过刻菲索斯的浅滩，又走了一大段路，那头牛忽然站住了，它把两耳对着天空竖起，天空立刻响起哞哞的牛叫声。然后，它回头看了看跟它走来的那群人，就躺在青草里了。

卡德摩斯满怀感激之情地俯伏在异乡的土地上，亲吻这土地。他想要向宙斯献祭，于是他就派仆人到活泉去取水用来举行神品饮的献礼。在那个地区有一片从未采伐过的古老树林。林中巉岩犬牙交错，树木盘根错节。一个拱形的深谷里处处涓涓流淌着清凉的泉水。在这个洞穴里隐藏着一条凶龙，老远就可以看见红色的龙冠闪着亮光。它的眼睛喷射着火焰，它膨胀的身体里充满毒汁，它用三条舌头发出“嘶嘶”的声音，它嘴里长着三排锋利的牙齿。当腓尼基的仆人走进小树林时，淡青色的龙就突然从洞里伸出头来，发出可怕的叫声。腓尼基仆人一惊，汲水罐便从手中滑落下去。他们吓得全身血液都凝固了。毒龙把它遍布鳞甲的身躯盘成滑腻腻的一堆，蜷缩成直立的弓形，然后抬起半个身体，向下边的树林望去。突然，它狂怒地冲向腓尼基人，把他们咬死一部分，缠绕勒死一部分，剩下的则用它的毒气毒死，或用它的毒涎杀戮。

卡德摩斯不知道他的仆人为什么迟延了这么久，最后亲自去找他们。他身披一张自己剥下来的狮皮，手持长矛和标枪，此外还怀着一颗比任何武器都管用的坚强的心。他走进树林，一

眼就看见被杀死的仆人的尸体，看见那仇敌正用它膨胀的身躯炫耀自己的胜利，用嗜血的舌头在尸体上舔来舔去。

"唉，我可怜的朋友啊，"卡德摩斯无比痛苦地大叫，"不给你们报仇，我就跟你们死在一起！"他一边说着，一边搬起一块巨石向毒龙投去。这样大的一块石头会砸得城墙和塔楼摇摇欲坠，这条毒龙却一点儿也没受伤，坚硬的黑皮和鳞片像铁甲一样保护着它。现在英雄开始投掷标枪，这回怪物的身体顶不住了，钢制的枪尖深深地刺入它的脏腑。疼痛使毒龙勃然大怒，它回过头来咬碎枪杆，枪头却牢牢地留在体内了。它又被刺了一剑，更加暴怒了，咽喉胀了起来，白色的泡沫从毒腭里往外喷涌。毒龙挺起比树干还直的身躯，像箭一样冲过来，但它的胸部撞在了树干上，鲜血终于从这头怪兽的脖子里流出来，染红了周围的杂草。但伤势不重，毒龙仍能躲避冲刺砍杀。最后，卡德摩斯把剑深深地捅进毒龙的咽喉，一直刺穿后捅到一棵橡树里，这巨兽的脖颈被钉在树干上。这时毒龙才被制服。

卡德摩斯久久地凝视这条被杀的毒龙，后来又看了看四周，发现从天而降的帕拉斯·雅典娜站在身旁。她命令卡德摩斯立刻把毒龙的牙齿种到翻过的土里，它们将生出人的后代。听从女神的旨意，卡德摩斯用犁在土地上犁出一条很宽的垄沟，把龙牙撒到沟里。土块突然开始活动，从垄沟里首先冒出来的是枪尖，然后冒出一顶晃动着彩色羽毛的头盔，接着就出现了肩、胸、手持武器的胳膊，最后站出一个全副武装的战士。他从头到脚整个儿都是从泥土中生长出来的。

在许多地方同样从泥土中长出人来，于是，一整队装备齐整的战士在腓尼基人面前长了出来。

卡德摩斯不禁大为吃惊，准备与新的敌人战斗。但是从土里生出来的一个人朝他喊道：“不要拿起武器，不要介入我们内部战争！”这时，在地下冒出来的战士开始了一场毁灭性的斗争，最后只有五个人活了下来。其中有一个后来被称作厄喀翁的人，首先按照雅典娜的旨意放下了武器，自愿求和。别人也跟着这么做。

在这五个从泥土中生出的战士的帮助下，从腓尼基来的外乡人卡德摩斯如神谕所示，在这里建立了新的城市，并命名该城为忒拜。

珀耳修斯

一个神谕向阿耳戈斯国王阿克里西俄斯宣示：他的外孙将夺取王位，把他杀死。因此，他把他女儿达那厄和她同宙斯所生的儿子珀耳修斯锁在一个箱子里抛进了大海。宙斯保护着箱子穿越大海的风浪，平安漂到塞里福斯岛靠了岸。那里是狄克堤斯和波吕得克忒斯两兄弟统治的地方。狄克堤斯正在捕鱼，箱子漂了过来，他就把箱子拖上了岸。两兄弟都很喜爱这对被遗弃的母子。于是，波吕得克忒斯便娶了达那厄为妻，珀耳修斯则得到他精心的抚育。

珀耳修斯长大成人以后，继父鼓励他外出探险，建功立业。这个勇敢的青年表示愿意去冒险。父子二人很快就达成了一致：让珀耳修斯去砍下墨杜萨可怕的头，然后把它带回塞里福斯交给国王。

珀耳修斯出发了。在诸神的引导下，他来到一个很远的地方，众怪之父福耳库斯就居住在这里。珀耳修斯首先遇到了福耳库斯的三个女儿：格赖埃姐妹。她们一生下来就长了满头白发，三人共有一只眼睛和一颗牙，只能相互轮流使用。珀耳修斯夺取了她们的眼睛和牙齿。当她们恳求他把必不可少的眼和牙归还时，他提出了交换条件：那就是必须告诉他去女仙那里的路。

这些女仙都是奇异的造物者，她们占有三件奇宝：一双飞鞋、一个用作衣袋的皮囊和一个狗皮做的头盔。无论是谁，只要穿上这双鞋，他就能飞，想飞到哪儿就飞到哪儿；只要戴上这个狗皮头盔，他就能看见一切，别人却看不见他。珀耳修斯想得到这些宝物，于是出发了。

福耳库斯的三个女儿带路，把珀耳修斯领到了女仙的住地，从他手中拿回了她们的眼和牙。在女仙这里，他拿到了想得到的东西，挎上皮囊，绑上飞鞋，戴上头盔。此外，他还从赫耳墨斯那里得到了一面青铜盾。他这样武装好自己以后，就飞向大海，到福耳库斯另外三个女儿戈耳工们的住地去。

只有名叫墨杜萨的第三个女儿是肉体凡胎，所以珀耳修斯打算取她的头。他发现这些怪物正在酣睡：她们的头部遍布龙的鳞甲，头上没有头发而是盘着许多蛇；她们长着野猪一样的獠牙和可以飞翔

的金翅膀。珀耳修斯知道，凡是注视过她们的人，都要变成石头。因此，他背着脸站在这些熟睡的怪物前面，只从镜子般闪光的青铜盾里搜寻她们的身影；他就这样认出了墨杜萨。雅典娜指挥他的手砍掉这个还在酣睡中的怪物的头。这件事刚刚完成，墨杜萨的躯干里就跳出一匹飞马珀伽索斯和一个巨人克律萨俄耳，他们都是波塞冬的儿子。珀耳修斯把墨杜萨的头装在皮袋里，像来时那样往回飞奔。墨杜萨的两个姐姐起床后，看见被杀的三妹的躯干，立刻展开翅膀去追凶手。但女仙的头盔使珀耳修斯成了隐形人，她们无论怎么找也找不到他。

珀耳修斯飞在空中，被大风吹得不停地左右摇摆。他一直向西飞行。为了稍事休息，他降落在阿特拉斯国王的国土上。

阿特拉斯国王有一个结满金果的小树林，那里有一条巨龙守候。珀耳修斯，戈耳工的征服者，请求在这里得到一块栖身之地，但没有得到允许。因为担心金果被盗，阿特拉斯狠心地把珀耳修斯赶出宫殿。珀耳修斯大怒，说：“尽管你根本不愿意帮助我，却仍然可以从我这里得到一件礼物！”他自己背过脸去，从皮囊里掏出墨杜萨的头，把它伸向国王，国王立刻就变成了石头——实际上可以说是特别高大的国王变成了一座山，他的胡须和头发延伸出去化为森林，他的双肩、手和骨头变成了山脊，他的头变成了直插云霄的高峰。

珀耳修斯又绑上飞鞋，挎上皮囊，戴上头盔，飞腾在空中。在飞行中，他经过刻甫斯国王统治的埃塞俄比亚的海岸。在这里，他看见一个少女被绑在向大海突出的悬岩上。如果不是一股微风吹动了她的头发，他还以为那是一尊大理石雕像呢。他被那诱人的美迷住了。“告诉我，美丽的姑娘，”他跟她攀谈道，“你为什么被绑在这里？告诉我你的家乡在哪里，告诉我你的名字！”

这个被绑在那里的姑娘面带羞色，默默不语，她害怕跟陌生的人说话。要是她动得了，早就用手捂住自己的脸了。她只能两眼涌出泪水。最后，为了不让这个外乡人以为她隐瞒了什么罪过，才答道：“我是埃塞俄比亚的国王刻甫斯的女儿，名字叫安德洛墨达。我的母亲曾经自夸她比海中女仙涅柔斯的女儿们还要美。那些海中仙女听了这话，怒不可遏，于是她们的朋友海神便让大水泛滥成灾，让一头什么都吞得下的大鲨鱼随着洪水来到这个国家。一道神谕宣示：只有把我，国王的女儿，抛出去喂鲨鱼，王国才能躲过这场灾难。人民逼迫我父亲采取这个拯救措施。在绝望中，父亲被逼无奈，只好把我锁在这个悬岩上。”

安德洛墨达最后一句话还没说完，汹涌的波涛就“哗”地一声分开，从海底钻出了一个怪物，它用宽大的胸伏卧在水面上。她大哭大叫起来，她的父母急忙赶来，拥抱被捆绑着的女儿。他们除了哭泣和悲叹，又能干什么呢？

外乡人说：“要哭，你们有的是时间，救人的时间可是不多的。我叫珀耳修斯，是宙斯和达那厄的儿子。我征服了戈耳工，现在神奇的翅膀正托着我在空中飞翔。既然她是自由的，就让她来选择我配不配做她的丈夫！现在，我要向她求婚，我要救她。你们接受我的条件吗？”在这样的处境下，谁还会犹豫呢？万分喜悦的父母不仅答应把女儿嫁给他，而且许诺把自己的王国作为嫁妆。

这当儿，那个怪物像一只快船似的游了过来，离悬岩只有一投石那么远。这青年突然脚一踏地，腾到云端。怪物看到海面上人的影子，立刻狂暴地追去。珀耳修斯像一只雄鹰从空中冲下来，腾空踏在怪物的背上，将杀死墨杜萨的剑刺入它的身体。他刚把宝剑拔出来，那大鲨鱼就忽而高高地跳到空中，忽而沉入海涛，像一只被猎犬追逐的野猪似的狂吼。珀耳修斯左一剑右一剑地刺它，直至殷红的血汩汩地从它的咽喉往外冒。这巨大的怪物断了气，被海浪卷走。

珀耳修斯跳上岸，爬到悬岩上，解开捆绑少女的锁链。那少女不断地用眼神向他表示感谢和爱慕。他把少女带到了她双亲面前，而国王则把他当作新郎来欢迎。婚宴正兴高采烈地举行时，国王城堡的前院忽然起了沉闷愤怒的扰攘。原来是国王刻甫斯的弟弟菲纽斯来了。过去他曾向安德洛墨达求过婚，但在她遇到灾难时，他抛弃了她。现在他带着一队武士来重提要求；他挥舞着长矛闯进正在举行结婚典礼的礼堂，冲着惊讶的珀耳修斯喊道：“瞧着我！我来了，我要为被抢走的未婚妻报仇！”说着，他摆开架势，准备用矛刺杀珀耳修斯。国王刻甫斯见势不妙立刻站起来呵斥道：“胡说！我的兄弟，你怎么会想到干这种不正常的事情？不是珀耳修斯抢走了你的未婚妻。我们被迫让她牺牲的时候，是你抛弃了她。你眼睁睁地看着她被绑在悬岩上，你既没有以叔叔的身份也没有以未婚夫的身份救助她。为什么你不自己从悬岩上把她解救下来呢？这个人救了她，并使我的晚年得到安慰，你至少不该搅扰他吧！”

菲纽斯不回答，只是转动着愤怒的目光一会儿看看他的哥哥，一会儿看看他的情敌，好像是在考虑首先应该对谁下手。他犹豫了一会儿，终于使出因愤怒而爆发的全部力量，把他的矛投向了珀耳修斯。但他没有投准，整个矛插在了床垫上。珀耳修斯跳起来，把他的矛投向了菲纽斯闯入的那扇门。要不是菲纽斯一跃躲在祭坛后面，那支矛非刺穿他的胸膛不可。这支矛刺中了菲纽斯的一个同伴的前额，于是，一场格斗便在菲纽斯的随从和参加婚礼的宾客间展开了。这场搏斗十分残忍，延续了很长时间。新娘的父母和新娘站在珀耳修斯一边，要求他保护。最后，珀耳修斯被菲纽斯和他的扈从们包围了。箭四处纷飞，珀耳修斯把肩靠在一个大柱子上，遮住后背。他掉过头来面对大群敌人，阻止他们的进攻，放倒了一个又一个武士。最后，他只好决定使用最可靠的手段。

“谁还是我的朋友，就把脸转过去！”他说，同时从他一直挎在身上的皮囊里取出墨杜萨的头，把它伸向第一个冲向他的敌人。“让你的魔法去降伏别人吧！”那人轻蔑地看了一眼喊道，举起手刚要投掷标枪，就变成了石头，很像一个雕刻的石柱。其他的敌人也一个接着一个都落了个这样的下场。最后只剩下了二百人。这时，珀耳修斯把墨杜萨的头高高地举在空中，让大家都能看见，于是这二百人也突然变成了坚硬的岩石。

现在菲纽斯才后悔不该发动这场不义的战争。他左右一看，除了姿态各异的石像以外什么也没有。他呼叫朋友们的名字，疑惑地触摸站在周围的人：所有的人体都成了大理石。他心惊胆战起来，挑战变成了低三下四的祈求："饶我一命吧，王国和新娘都归你！"他喊着，同时把沮丧的脸转向一边。但是，珀耳修斯因他新朋友的死而无比悲痛，已经不能大发慈悲了。"反贼！"他愤怒地说，"我要为你建立一座永久的纪念碑！"尽管菲纽斯竭力躲闪不看墨杜萨的头，他的目光还是很快就与那伸向他的可怕的头颅照了面。他的脖子僵硬了，他那含泪的眼睛变成了坚硬的石头。他站在那里，双手下垂，一脸胆怯的表情，完全是奴仆的卑贱姿态。

现在，珀耳修斯毫无阻碍地把他的爱妻安德洛墨达带回了家。等待他的将是漫长而幸福的岁月。他又找到了他的母亲达那厄。但他的外祖父阿克里西俄斯仍然没有躲过厄运。老人由于害怕神谕所预示的灾难，逃到了珀拉斯戈斯，当了异乡人的国王。他正在这里参加赛会时，珀耳修斯来了。珀耳修斯是在准备到亚耳戈斯看望外祖父的途中路过这里的。珀耳修斯也参加了比赛，他投掷的铁饼不幸竟击中了阿克里西俄斯。后来他才知道自己打死了谁。他怀着沉痛哀悼的心情把外祖父葬在了城外，然后就迁到这个因外祖父的死而归他所有的王国居住了。从此以后，命运女神再也不嫉妒他了。安德洛墨达为他生了许多极可爱的儿子，他们都继承了父亲珀耳修斯的优秀品质。

代达罗斯和伊卡洛斯

雅典的代达罗斯属于厄瑞克提得斯家族，是墨提翁的儿子，厄瑞克透斯的曾孙。他是建筑家和雕刻家，是那个时代最伟大的艺术家。他的艺术作品备受世人称赞。人们都说他的雕像似乎能走动，能看物，简直被赋予了生命。从前大师们的雕像作品的眼睛都是闭着的，双手与身体连在一起，僵直地垂在两侧。代达罗斯创作的雕像却睁着眼睛，双手与人体分离并外伸，脚则是走路的姿态。

虽然代达罗斯艺术水平超群，但他的为人自负又爱嫉妒，正是这种人格上的缺点诱他犯罪，使他遭受苦难。

代达罗斯有一个外甥，名字叫塔罗斯，跟他学习艺术雕刻，而这个学生的天分却比他这个老师还高。塔罗斯还是个孩子的时候，就发明了制陶器用的转盘。他还发明了最早的车床，即把两个金属臂连接起来，让一个不动，另一个能动。他还设计了别的工具，因此获得了很高的名望，而这一切都没有代达罗斯的帮助。代达罗斯害怕学生的名声超过自己，于是嫉妒心压倒了理智，他竟丧心病狂地把塔罗斯从雅典卫城的城墙上推下去，杀害了这个孩子。但是，当代达罗斯埋葬外甥时，他的行为引起了人们的怀疑。尽管他谎称自己在掩埋一条蛇，但人们还是找到了证据。他在阿瑞俄帕戈斯法庭上被控谋杀，并被判罪名成立。

但代达罗斯逃跑了，开始在阿提刻四处流浪，后来逃到了克瑞忒岛。在那里，国王弥诺斯收留了他。他成了国王的朋友，被视为著名的艺术家。国王选派他去为弥诺陶洛斯，一个牛首人身的怪物，建造一所使人见了就心醉神迷的住宅。代达罗斯创造性地建了一座迷宫。这是一座处处迂回曲折的建筑，走进去的人总要眼花缭乱，找不到该走的路。无数通道盘绕在一起，就好像佛律癸亚地区迈安德洛斯河蜿蜒无序流动的河水。人们想要找到出口，就必须在可疑的通道上时而向前，时而倒退。在这所建筑竣工后，代达罗斯走进去进行检查，连他自己也费了很大的劲儿才走出迷宫，可见他修建了一个多么古怪的遍布迷津的建筑！弥诺陶洛斯被保护在这个迷宫的内部，他的食物是雅典每九年向克瑞忒国王进贡的七个童男和七个童女。

长期被驱逐、背井离乡的生活渐渐使代达罗斯感到心情沉重，一想到要在被海水包围的小岛上面对专制国王的不信任度过一生，他就十分痛苦。他绞尽脑汁思索自救的方法。经过很长时间的思考，他终于快乐地说道："自救的办法有了！尽管弥诺斯从陆地和海上封锁我，但空中对我是开放的。弥诺斯虽然有无比威权，但他管不了天空。我可以从空中逃离此地！"

说干就干！代达罗斯凭借他的创造精神征服自然。他把鸟的羽毛按从小到大、从短到长的顺序依次排列，就像鸟的翅膀一样。然后，他用麻线在这些羽毛的中间缝好固定，在羽毛的根部涂上蜜蜡，再把连在一起的羽毛弯成弧形，看上去像极了鸟的羽翼。

代达罗斯有一个儿子，名叫伊卡洛斯。他站在父亲身旁，好奇地用小手参与父亲的艺术加工。他时而去抓那些绒毛被风吹动的羽毛，时而用大拇指和食指揉捏父亲使用的黄色的蜜蜡。代达罗斯漫不经心地放任孩子去抚弄，看着孩子笨拙的动作微笑。羽翼扎成以后，代达罗斯把它绑在自己身上，找准了平衡，然后便像只鸟一样轻盈地飞到空中去了。他降落在地上以后，又用业已准备好的小翅膀教他的儿子伊卡洛斯飞翔。

“亲爱的孩子，要永远在中间的航线上飞。”他说，“如果你飞得太低，翅膀就会擦到海水，变湿变沉，你就会掉到大海里去。如果你飞得太高，你的羽毛就会因为离太阳太近而着火。要在海水和太阳之间飞，永远沿着我的航线飞。”代达罗斯一边这样警告，一边把一对翅膀绑在儿子肩上。他一边绑，手一边不停地抖，担忧的眼泪滴在手上。然后他拥抱了孩子，并吻了他——这是最后的一次吻。

现在，父子二人都利用人造翅膀升上了天空。父亲飞在前面，就像一只老鸟第一次带着幼鸟出巢飞行一样充满忧虑。他小心而灵巧地扇动翅膀，好让儿子能照着他的样子做。他不时地回头，看儿子飞行得怎么样。开始时，一切相当顺利。不久，他们就从左边的萨摩斯岛飞过去，又过了一会儿便飞过了罗得斯岛和帕洛斯岛的上空。还有许多海岸在他们眼前一闪即逝。这时，那男孩伊卡洛

斯由于飞行顺利而过于自信，竟然离开了父亲的航线，冒冒失失地操纵着那对翅膀向高空飞去。但可怕的惩罚也立刻降临。更加靠近太阳后，太强的光线烤软了黏合翅膀的蜜蜡。伊卡洛斯对此还没觉察到时，羽翼已经解体，从肩上掉下去。可怜的孩子还在滑翔，用没有翅膀的手臂扑打，但他没能浮在空中，突然跌到下面去了。他也曾想呼叫父亲救他，但还没来得及喊出声来，就被碧蓝的海涛吞没了。

这一切发生得非常快，等代达罗斯回头看时，竟没有看到儿子的一点踪影。“伊卡洛斯，伊卡洛斯——”他在人迹绝无的天空绝望地呼喊，“你在哪里？”最后，他垂下怯生生的四处寻觅的目光往下看了看。他发现水面上漂浮着羽毛。他停止飞翔，降落下来，收起羽翼，绝望地在海岛的岸边走来走去。不久，大浪就把他孩子的尸体冲到了海岸。杀害外甥塔罗斯的代达罗斯遭到了报应。为了永远纪念这悲惨的事件，该岛取名为伊卡里亚。

代达罗斯埋葬了儿子的尸体以后，又继续飞向那个名为西西里的大岛。这个岛的国王是科卡罗斯。他也像克瑞忒岛的弥诺斯国王一样把代达罗斯待为上宾。代达罗斯的艺术给这里的居民带来了惊喜。在这里，他带领人民挖掘了一个人工湖，从湖里流出一条宽阔的河通向附近的大海，多少年来人们都指着这湖赞叹不已。有一块很难攀登的陡峭山岩，几乎没有什么树；就在这块山岩上，他建造了一座城堡，通向那里的是一条狭窄而曲折的小道，只要有三四个人就可以守住这个城堡。于是，国王科卡罗斯选择在这个很难攻破的城堡存放他的珍宝。代达罗斯在西西里岛上兴建的第三个工程是一个深邃的地洞。他巧妙地从这里引出地下火生成的热气，之前人们感到湿冷的岩洞，现在却像一个被微微加热的房间。人在里面非常舒适，身体会渐渐地出些微汗，舒适而不燥热。他还扩建了厄律克斯海岬上的阿佛洛狄忒神庙，敬献给这位女神一个金制的蜂房，那蜂房的制作工艺无比高超，看上去跟真的没有什么两样。

但这时，弥诺斯国王知道了他的建筑师代达罗斯偷偷地逃到了西西里岛，于是决定率领强大的军队追捕他。他装备了一支很大的舰队，从克瑞忒岛驶向阿格里根同。到了地方，他命令陆战队上岸，同时派出使者去见科卡罗斯国王，要求对方交出那个逃亡者。科卡罗斯对异国暴君的入侵非常愤怒。他苦苦思索着使这个暴君遭到灭顶之灾的计策。他假装接受克瑞忒人的要求，答应满足对方的一切条件，并邀请对方会晤。

弥诺斯来了，受到了科卡罗斯隆重热情的接待。科卡罗斯请弥诺斯洗热水浴以解除旅途的劳顿。但当弥诺斯坐到浴缸里时，科卡罗斯命人不停地加热，直到弥诺斯在沸水里被煮死。西西里的国王把弥诺斯的尸体交给克瑞忒人，佯称他沐浴时不慎掉到热水里烫死了。弥诺斯被他的随从以最盛大的葬礼安葬在阿格里根同附近，并在他墓碑的上坡处建立了一座向世人开放的阿佛洛狄忒神庙。

代达罗斯一直受到科卡罗斯国王的优待。他培养了许多著名的艺术家，成为西西里岛建筑和雕刻艺术的奠基人。他创造了很多光辉的作品，这使得庇护他的地方处处充满欢乐，但自从儿子伊卡洛斯坠海死去后，他就再也没有体会过欢乐。他的晚年是在忧伤苦闷中度过的。最后，他在西西里岛去世，被安葬在岛上。

菲勒蒙和包喀斯

在佛律癸亚王国的一个小山上长着一棵千年橡树，紧挨着它的是一棵同样古老的菩提树。两棵树的四周是一道低矮的围墙。两棵相邻的大树上挂着许多花环。不远处有一个多沼泽的湖。从前，那里是一片可居住的土地，现在则只有潜水鸟和苍鹭飞来飞去。

一天，宙斯带着他的儿子赫耳墨斯来到这个地区。这一次，赫耳墨斯只拄了一根拐杖，而没戴有翼的帽子。他们都化作人形，想考察人类的友好程度。于是，他们敲了千家万户的门，请求借宿一夜，但所有的居民都很自私粗暴，这两位天神连个落脚的地方都找不到。瞧，村头有一间小茅屋，又矮又小，用干草和苇秆搭顶。但在这所贫寒的房子里住着一对幸福的老人，正直的菲勒蒙和与他同样诚实的妻子包喀斯。在这里，他们一起度过了欢乐的青春年华；在这里，他们又一起变成了白发苍苍的老人。他们毫不隐瞒自己的贫穷，也能忍受悲苦的命运。虽然没有子女，他们却很乐观、友善，他们相亲相爱地生活在远离人群的小茅屋里。

当两位神化作的高大的人走近这所贫寒的小屋、弯腰钻过低矮的房门时，两位正直憨厚的老人便起身迎接，亲切地打招呼。老汉搬来凳子，老太太包喀斯铺上一块粗布，请客人坐下休息。老太太赶忙奔向灶台，在余焰未尽的柴灰中拨弄出微燃的火星，堆上干木头和干柴枝，轻轻地从冒烟的柴火上吹起火苗来。然后她又去抱来劈好的木头，添到锅下的火中。老汉菲勒蒙此时已从侍弄得相当好的小菜园里取来了卷心菜，老太太接过来把它掰开洗净。老汉又用二齿叉从卧室天棚上勾下一块熏猪肉（这块猪肉是准备过节用的，他们已经储存了好久），从猪的肩部切下一小块来，抛在沸腾的水里煮汤。

为了不让客人觉得等待时间太长，他们竭力跟客人热情地聊天。他们还把温水倒入木盆里，让客人洗脚解乏。两位神和蔼可亲地微笑着接受这盛情的招待。他们舒舒服服地烫脚的时候，善良的女主人又为他们安排了睡铺。床就摆在小屋的中间，床垫里塞的是芦絮，床腿和床架都是用柳条编织成的。菲勒蒙拉出了只在节日才用的地毯，不过地毯也都很破旧了。尽管如此，两位神还是很愿意坐在上面享用做好的晚饭。老太太腰上系着围裙。她把一张三条腿的桌子放在床铺前面，因为桌子立不稳，她就往那条短桌腿底下垫了一块碎瓦片。

然后，她用新鲜的荷叶擦了擦桌面，把饭食摆在桌上。这里有橄榄，有浸在清亮汁液里的秋季山茱萸，有白萝卜和菊苣，还有优质的奶酪和在热灰里焐熟的鸡蛋。包喀斯把这所有菜肴放在陶瓷盘子里端上来。桌上还有陶制的酒罐和山毛榉木制的内里涂了黄蜡的小酒杯。憨厚的男主人斟上的葡萄酒既不是陈酿也不太甜。很快，他又端上了几道热菜。然后，他把酒杯挪到边上，腾出地方来好放最后的甜点。上的甜点是核桃、无花果和圆圆的大枣，还有两小盘李子和香气袭人的苹果，连红葡萄都有，餐桌中间还有一块乳白色的蜂蜜片。但最好看的还是两位憨厚老人慈善亲切的笑容，这两张面孔透露着慷慨和忠诚。

当大家酒足饭饱、精神焕发的时候，菲勒蒙发现，尽管酒杯一再斟满，酒罐却没有空，里面的酒反而一直满至罐口。这时男主人才惊讶而畏惧地认出他是在给谁提供住处。老汉连同他年迈的老伴高举起手臂，恭顺地垂下目光，请求神明慈悲为怀，不要怪他们招待不周，因为他们只能供应简陋的菜肴。啊，他们现在应该怎样款待天上来的客人呢？对了，他们突然想起来：外面的禽舍里不是还剩下仅有的一只鹅吗？他们愿意把它拿来献给神。两位老人急忙跑出去抓鹅，可是鹅比他们跑得还快。那只鹅叫着，扑打着翅膀，总能摆脱两位气喘吁吁的老人。它一会儿跑到东，一会儿跑到西，诱使老人疲于追赶。最后，鹅跑进屋子，躲在客人的身后，好像在祈求神的保护。它果真得到了保护。

两位神挡住了两位老人的热心奔忙，慈祥地微笑着说："我们是神啊！我们是到人间来考察人类的友好程度的。我们发现，你们的邻居都是有罪的，他们逃不脱天惩。不过你们要离开这所房子，跟着我们到山顶上去，免得无辜的你们跟这些有罪的人一起遭殃。"两位老人听从了神的叮嘱，拄着拐棍吃力地攀登那座陡峭的山。离山顶还有一箭远的时候，他们怯生生地回头一看，发现山下的全部土地都成了一片汪洋大海，所有的建筑物都坍塌了，只有他们的小茅屋还立在那里。

他们还在惊讶、悲叹其他人的厄运时，那个破旧贫寒的茅屋竟然变成了高耸的庙宇。那座庙宇由许多大圆柱子支撑，金色的屋顶闪耀着光辉，地面全都铺着大理石。

这时，宙斯露出亲切友好的笑容，转向微微颤抖的两位老人说："告诉我，诚实的老人，还有你，诚实老者的可敬的老伴，你们希望得到什么？"菲勒蒙跟他女人简单地交谈几句，然后说："我们希望成为这座庙宇的祭司来侍奉你们。还有，我俩和睦地在一起生活了这么久，就让我们死在同一个时辰吧。"

他们的愿望实现了。他俩在有生之

年一直守护着这座庙宇。一天，当他们都感到已经享尽天年时，便一起站在神庙的台阶前，默默地回忆着这奇异的命运。这时，包喀斯看着她的菲勒蒙，菲勒蒙看着他的包喀斯，两人一同消失在绿色的树叶里。老汉变成了一棵橡树，老妇变成了一棵菩提树。“再见了，亲爱的老头子！”“再见了，我的爱妻！”在他们还能说话的时候，两人就相互说了这么一句。这令人尊敬的一对夫妻就这样结束了他们的一生。他们死后也亲密无间地站在一起，像生前一样永不分离。

弥达斯国王

有一次，位高权重的酒神狄俄倪索斯带着他的女祭司和山林神怪翻山越岭到小亚细亚去。在那里，他在众随从的陪同下，沿着特莫洛斯山脉那些四周爬满葡萄蔓的山丘散步。走着，走着，那位白发苍苍的酒徒西勒诺斯不见了。原来，这位老者因不胜酒力而落在后头睡着了。佛律癸亚的农民发现了这位酣睡的老人。他们给他戴上花环，把他带到弥达斯国王那里。国王虔敬地接待这位神圣不可侵犯的酒神的朋友，热情地招待他，盛宴款待了他十天十夜。在第十一天的早上，国王把这位客人送到吕狄亚旷野，交给了酒神。

酒神又见到了自己的老朋友，非常高兴，便要求国王说出他的愿望，自己一定满足他。于是，弥达斯说："伟大的酒神，如果允许我选择的话，那就请您让我把我所触到的东西都变成闪光的金子吧。"酒神感到很遗憾，对方竟没有做出更好的选择。但酒神还是满足了他的这个愿望。弥达斯得到这个糟糕的馈赠心里喜不自胜，就赶快走了，而且马上就试了试这个许诺可不可靠。看啊！他从橡树上折下的一根橡树枝变成了金子。他急忙从地上拾起一块石头，这块石头也变成闪光的金块。他从麦秆上摘下成熟的麦穗，又收获了金子。他从树上摘下来的水果像赫斯珀里得斯姐妹的金苹果一样闪闪发光。他欣喜若狂，急匆匆地走进王宫。他的手指刚一碰到门柱，门柱就像火焰似的发光。他甚至把浸泡了自己的手的水也变成了金水。

国王高兴得忘乎所以，命令侍从为他备一桌美味的饭菜。餐桌上很快就摆上了可口的烤肉和白面包。他伸手去拿面包，主管谷物成熟的德美特女神的神圣赠品，就变成了石头般坚硬的金子。他把肉放进嘴里，闪着微光的金片便在他的牙齿间颤动作响。他端起高脚杯，啜饮香气扑鼻的葡萄酒，但发觉葡萄酒变成了金汁，难以下咽。现在他才明白，他祈求得到的是多么可怕的财富。他很富，却也很穷。他诅咒自己的愚蠢，因为他连饥渴都解不了。真可怕！这样下去，他必死无疑！他绝望地用拳头捶打自己的脑门——连他的脸也变成了金子。这时，他万分惊恐地举起双手，朝天祈祷起来："哦，狄俄倪索斯大神啊，发发慈悲吧！宽恕我这个愚不可及的罪人吧，让我身上这触物成金的能力消失吧！"

待人亲切友好的酒神恩准了这个为自己的愚蠢和贪婪而深感悔恨的人的请求，解除了他的魔法，说："你到帕克托罗斯河去，逆流而上，直到在山里找到它的发源地。那里有泡沫飞溅的水从山崖里喷出来，你就在那里把头伸进清凉的急流里，让触物成金的魔力离你而去。这样，也同时冲洗掉了你的罪愆。"弥达斯按神的指令去做，魔法立刻离开了他。但是，造金的魔力转移到河流里去了。从此以后，这条河便大量携带着这种宝贵的金属。

从这时起，弥达斯就憎恨一切财富了。他离开自己豪华的宫殿，总喜欢在山林里和河流边散步，崇拜乡间纯朴的神——潘。潘喜爱逗留的地方全是阴凉的岩洞。但国王还是像以前那样愚钝，不久以后他就获得了一种新的他不该再失去的馈赠。

在特摩罗斯的群山中，潘，这位长着山羊蹄子的神，擅于用芦笛为山林水泽的女神们吹奏调情的小曲。有一次，他竟大胆地提出与阿波罗比赛。白发苍苍的老山神特摩罗斯用橡树叶围住自己淡蓝色的头发和太阳穴，坐在一个山岩上，为他们做裁判。坐在四周倾听的有迷人的女神，尘世间的男人和女人，其中还有弥达斯国王。潘开始吹奏芦笛，笛声尖利刺耳。只有弥达斯听得十分入迷。潘演奏完毕后，阿波罗便上来演奏。他长满金色鬈发的头上戴着月桂花冠，身上穿着紫色长袍，左手抱着象牙柄的七弦琴，面容和举止都透露着神的庄严。他弹出了无比动听的曲调，所有的听众欢喜异常，对他肃然起敬。最后，特摩罗斯这位有经验的裁判判定阿波罗获胜。

所有人都热烈地鼓掌，一致表示赞同他的裁决，只有弥达斯高声指责这个裁决，说得胜者应该是潘。这时，阿波罗悄悄地走到这个傻瓜国王跟前，揪住他的双耳。这位神不能容忍这样一对耳朵继续以人耳的形式存在，于是轻轻一抻，造出了耳骨的关节。那两只耳朵变得很长、很尖，里外都长出了灰色的绒毛，像驴耳朵一样。两只长长的驴耳朵让这个可怜的国王羞得无地自容。他用一条巨大的头巾遮盖住耳朵，但这对耳朵在给他理发的仆从面前，是无法隐藏的。这个仆从一见到主人的这对耳朵，就恨不得把这个秘密泄露出去。只不过，他不敢把这个秘密透露给任何人。为了减轻自己的心理负担，他走到河边，在岸上挖了一个洞，对着这个洞小声说出了这个不可告人的秘密。随后，他细心地把这个洞穴填上，轻松地离开那里。但是没过多久，这里就密密实实地长出了一丛芦苇。微风吹来时，芦苇秆就奇妙地沙沙作响，彼此小声却清晰地说："弥达斯国王有两只驴耳朵！"于是，这个秘密就泄露出去了。

坦塔罗斯

坦塔罗斯是宙斯的一个儿子，他统治着吕狄亚的西皮罗斯。他非常富有，而且特别有名。如果说奥林波斯山诸神只尊崇过一个肉体凡胎的人，那就是他。

由于血统高贵，他被众神尊为亲密的朋友，还被准许与宙斯同桌用餐，听众神谈论神明之间的一切。但是，这种宠爱使他变成了一个傲慢无礼和夸夸其谈的人。他向凡人泄露神的秘密。他从神的餐桌上盗取仙酒和神食，拿去分给他人世间的朋友。他窝藏别人从克瑞忒的宙斯神庙里偷来的宝贵的金狗，当宙斯让他归还时，他却发誓说金狗不在他手中，并拒绝归还。

最后，他竟狂妄自大地把诸神请到他那里做客，试探他们是否无所不知。他让人杀死他的亲生儿子珀罗普斯，用他的肉为诸神备宴。结果，只有陷于女儿珀耳塞福涅被掠的痛苦思虑中的得墨忒耳吃了这可怕的肴馔中的一块肩胛骨。其余的神都发觉了这令人毛骨悚然的暴行，纷纷把孩子被分割的肢体扔到一个盒里。命运三女神之一的克罗托却伸手从盒子里取出一个完整如初的孩子，并用一块象牙给他做了新的肩胛骨。

至此，坦塔罗斯恶贯满盈，被诸神打入地狱，遭受着三种永恒的痛苦。

他站在一个池塘的中央，湖水触动着他的下巴颏儿，但他却要忍受嗓子眼冒火似的焦渴。池水就在嘴边，他却一滴也喝不到。每当他低头，贪婪地想让嘴接近水时，水就在他眼前消失，池塘干涸，黑土龟裂。同时，他还忍受着难熬的饥饿。他身后的湖岸上，美丽的果树茂盛地生长，树枝垂在他的头顶。每当他挺起身来，多汁的梨、鲜红的苹果、火红的石榴、芬芳的无花果和绿色的橄榄便笑盈盈地映入他的眼帘。但他伸手想抓住它们时，一股骤起的大风就把树枝刮到云端。他的另外一个巨大的痛苦是永不间断的对死亡的恐惧，因为有一块巨石始终悬在他的头顶，随时都可能掉下来压死他。这个蔑视神的凶恶的坦塔罗斯，命中注定要在地狱里身受这永无休止的三种苦刑。

珀罗普斯

坦塔罗斯对诸神犯下了重罪，他的儿子珀罗普斯却十分虔诚地敬奉神。父亲被打入地狱以后，由于和相邻的特洛伊国王伊罗斯交战失败，他被赶出王国，流浪到希腊。尽管他还很年轻，却暗暗为自己选定了一个妻子，那就是厄利斯的国王俄诺玛俄斯的美丽女儿，名字叫希波达弥亚。想要把她娶到手可不是一件容易的事。因为神曾向她的父亲预言：女儿结婚，父亲就会死亡。因此，这位吓破了胆的国王想尽一切办法不让任何一个求婚者接近她。他向全国宣告，只有在同他赛车中取胜的人，才能娶他的女儿为妻。谁败在国王手下，谁就得丧命。竞赛的起点是比萨，而发车的时间这位父亲是这样规定的：在求婚者驾着四马的战车出发后，国王先向宙斯献祭一只野羔羊。献祭完毕，他才出发。他坐在由驭手密耳提罗斯驾驭的马车上，手持一杆长矛，追赶那个求婚者。如果他真的赶上了先走的那辆车，他就用长矛刺穿那个求婚者。

许多倾慕希波达弥亚美貌的求婚者听到这样的规则后，依然勇气不减。他们以为，国王俄诺玛俄斯是一个衰弱的老人，明知道自己没有能力与年轻人比赛，因此故意让他们先走一大段路，以便以宽宏大量为借口来掩饰自己可能遭受的失败。因此，一个又一个求婚者被吸引到厄利斯，向国王自荐，请求娶他女儿为妻。国王每一次都亲切友好地接待他们，向他们提供漂亮的四马战车，让他们先行，自己却先去向宙斯献祭羔羊，一点儿也不匆忙。然后，国王登上一辆轻车，驾车的是他的两匹骏马费拉和哈耳品娜。它们快如疾风，每一次都在离终点很远的地方，就追上了求婚者。这时，残暴的国王便猛然用矛从他们的背后刺向他们。就这样，他已经杀死了十三个求婚者。

现在，珀罗普斯在奔向他心爱少女的途中从一个半岛登陆了，后来这个半岛因他被命名为伯罗奔尼撒半岛。很快，他就听说了那些求婚者在厄利斯的遭遇。后来，他在夜里来到海边呼唤他的保护神——手持三叉戟的大神波塞冬。波塞冬从海浪里钻出来，到了他的身边。“威力无比的神啊，”珀罗普斯祈求道，“请用最快的马车把我送到厄利斯去，让我取胜，别让俄诺玛俄斯的钢矛扎到我。他已经杀死了十三个求婚者，而且还在推迟他女儿的婚礼。巨大的危险吓不倒勇敢的人，我要在比赛中获胜。请你保佑我成功。”

珀罗普斯就这样祈祷着，他的祈求并非徒劳无益。海水又轰轰地响起来，四匹跑得像箭一般快的飞马驾着一辆亮闪闪的金车破浪钻出海面。珀罗普斯纵身跳到车上，随风飞向厄利斯去参加比赛。

当俄诺玛俄斯看见珀罗普斯到来时，不禁大惊失色，因为他一眼就认出了海神波塞冬的神车。但他并没有拒绝按往日的规则与这个外乡人比赛。他相信自己的骏马能够胜过神力。珀罗普斯的马匹穿

过半岛，稍事休息后，便踏上了赛程。他离目的地很近的时候，那个像往常一样祭献完羔羊的国王和他如飞的骏马突然逼近了他，而且挥舞着长矛向这位勇敢的求婚者发出致命的一击。就在这时，保护珀罗普斯的波塞冬的妙计奏效了：国王的车子散架了，因为波塞冬趁车奔跑时弄松了车轮。俄诺玛俄斯坠地而死。就在这一瞬间，珀罗普斯的四马神车到达了目的地。他回头一看，只见国王的宫殿正冒着熊熊的烈焰——是一道闪电把它点燃，彻底毁灭了它，最终烧得只剩下了一根柱子。珀罗普斯赶快乘着飞车奔向燃烧中的宫殿，从火中救出了他的未婚妻。

尼俄柏

忒拜国的王后尼俄柏因很多事感到自豪。她的丈夫安菲翁从缪斯女神那里得到了一架精美的竖琴，弹奏它时条石便自动组合成了忒拜的城墙。她的父亲坦塔罗斯是众神的上宾。她是一个强大王国的统治者，本人也精神高尚，庄严美丽。但最使她得意的是她有十四个朝气蓬勃的子女，其中一半是儿子，一半是女儿。人们都说尼俄柏是人世间最幸福的母亲。然而，她的傲慢招致了毁灭。

一天，预言家忒瑞西阿斯的女儿，女预言家曼托，在神性冲动的驱使下穿过大街小巷，召唤忒拜的妇女敬奉勒托和她的孪生子女阿波罗和阿耳忒弥斯。她吩咐她们头戴桂冠，在焚香献祭时做虔诚的祈祷。当妇人们潮水般拥在一起时，尼俄柏身穿金线织成的长袍，在随从的簇拥下突然出现。尽管一脸怒色，她的美貌依然光彩照人。她那美丽的头一转动，披肩的长发就随着飘摆。她站在露天下忙着献祭的妇女中间，用傲慢的目光环视众人，高声说："你们发疯了吗？竟然为勒托建立祭坛，而不为我神圣的名字焚香。难道我的父亲坦塔罗斯不是曾在天神的餐桌上欢宴的唯一凡人吗？我的母亲狄俄涅不是天上闪烁的七星普勒阿得斯的姐妹？我的一个祖先阿特拉斯力大无比，他能把天宇扛在肩上。我的父亲的父亲宙斯，他是众神的君父。连佛律癸亚的人民都服从我。卡德摩斯的城池和它的城墙，都听命于我和我的丈夫。那城墙是在竖琴演奏声中自动砌起来的。宫殿的每间屋子里都摆满我的无价珍宝。此外，我有女神才配有的面容。没有一个母亲像我一样有这么多的孩子：七个美丽的女儿和七个健壮的儿子。不久以后，我还会有女婿和儿媳。难道我没有理由骄傲吗？你们竟敢不敬奉我，而敬奉勒托！她不过是泰坦的不知名的女儿，大地都不赐给她一块地方让她为宙斯生儿育女，直到水中时隐时现的小岛得罗斯出于怜悯给了这个东奔西走的女神一个暂时的住处。这个可怜的女人才在那里生了两个孩子。这只是我作为母亲的可喜收获的七分之一！谁能否认我是幸福的？谁会怀疑我将长久幸福？即使命运女神想要彻底损毁我的财富，也得费一番周折！即使她从我众多的子女中夺去一两个，剩下的也不会少得像勒托那样只有两个。所以你们拿走供品，摘下头上的花环吧！统统散开，回家去！别让我再看见你们干这种蠢事！”

那些女人都怯生生地从头上摘下花环，把未完成的献祭撂在那里，默默地祈祷着回家去了。

勒托和她的孪生子女站在铿托斯山的峰顶，神目圆睁，观察着在遥远的忒拜发生的一切。“瞧，孩子们！我，你们的母亲，因为生了你们而感到骄傲。我的地位不低于除赫拉以外的任何女神，现在我却遭到了一个狂妄的尘世女人的嘲讽。我的孩子，要是你们不帮助我，我就被赶出这古老的神坛了！尼俄柏说你们不如她的那一大堆孩子，这也是对你们的侮辱！”勒托还想补充一句，说说自己的请求，阿波罗却打断她说：“母亲，别光抱怨！抱怨只能耽搁惩罚！”他的妹妹赞成他的看法。二人身披白云，穿空而过，眨眼间就来到了卡德摩斯城的上空。

城墙外边是一大片荒芜的土地，这里被禁止耕种，只供赛马赛车之用。安菲翁的七个儿子正在这块空地上嬉戏：有的骑在勇敢的骏马上，有的在进行摔跤比赛。最年长的伊斯墨诺斯用手紧紧地拉着缰绳正安稳地骑马绕圈小跑，突然大喊一声“好疼啊”，只见缰绳从他松开的手里滑落下去，他慢慢地从马的右侧跌到地上，原来是一支箭射中了他的心脏。他的弟弟西皮罗斯听到空中频频传来箭翎的飞鸣，便拉起放松的缰绳策马逃跑。但是，一支箭赶上了他，颤响着刺入他的脖颈，又从喉管穿出来。这个垂死的中箭者从马头的鬣鬃上蹿出去跌在地上，喷涌的鲜血溅了满地。

另外两个弟弟正躺在地上，彼此抱在一起角斗。弓弦重新响起，他们被一箭射穿。二人同时哀号着，在地上痛苦地扭动和抽搐着肢体，转动着失神的眼睛，在尘土中双双咽气。第五个儿子阿尔斐诺耳看见二人倒下，赶快跑过来，想要抱住他们使他们苏醒过来，但阿波罗一箭射进他的心房，他也倒在了那里。第六个儿子达玛西克同是一个头披长发的可爱的青年，他的膝关节中了一箭。当他仰身往外拔那支箭时，另一支箭"嗖"地向他张着的口中射了进去，一直戳到咽喉里，鲜血像喷泉一样向外喷涌。最后一个是最小的儿子伊利俄纽斯。他还是个孩子。他看见了这一切，便跪倒在地，张开两臂，祈祷道："哦，所有的神明啊，请你们饶恕我吧！"听了这话，就连那残忍的射手也被感动了，但是箭已射出，无法收回。那支箭正好穿透他的心脏，这孩子慢慢地倒下了。

不幸的消息很快就传遍了全城。孩子的父亲安菲翁听到这噩耗，便以剑刺穿心脏自杀了。他的仆从和人民嘈杂的悲鸣立即传到后宫。尼俄柏久久不能相信这可怕的消息。她不肯相信天上的神有特权敢于而且能够这么做。但是，很快她就不再怀疑。哦，现在的尼俄柏和此前的尼俄柏是多么不同啊！刚才她还从供奉权威女神的祭坛前赶走众人，在全城傲视阔步！那个尼俄柏简直会让她最亲密的朋友也嫉妒她，而现在的尼俄柏会让敌人也怜悯。她跑到旷野里去，扑在那些僵冷的尸体上，最后一次亲吻她的每一个儿子。随后，她举起两只疲惫的手臂，对天高呼：“你就幸灾乐祸地看着我的不幸吧！就让你那愤怒的心得到满足吧，你这个残忍的勒托！这七个儿子的死将把我送进坟墓！你胜利了，专横的敌人！”

现在，她的七个女儿也走来站在死去的兄弟身旁，人人都穿着丧服，披散着长发。看见她们，尼俄柏惨白的脸上浮现出一个诡异的微笑。她忘乎所以地朝天上轻蔑地瞥了一眼，说：“你是得胜者！不，即使我现在很不幸，我的孩子还是比身处幸福之中的你的孩子多！虽然这里躺着这么多尸体，我所拥有的孩子仍然在数量上胜出你许多！”这句话刚说出口，她就听到拉弓射箭的声音。所有人都吓得直哆嗦，唯独尼俄柏一点儿也不打战，不幸已经使她无所中畏惧。七姐妹中的一个突然用手捂住心窝，拔出一支戳进心底的箭，之后就昏厥在地，把垂死的脸转向躺在身边的兄弟的尸体。尼俄柏的另一个女儿跑到不幸的母亲那里安慰她，但一个隐蔽的创伤使她弯下腰来，永远失声不语了。第三个女儿刚要逃跑，就倒在了地上。又有几个女儿在俯身看她们死去的姐妹时也倒下死去了。只剩下了最小的女儿。她躲到了母亲的怀里，藏在衣裥中，像幼小的孩子那样紧紧地偎依着母亲。

“把这唯一的一个孩子留给我吧！”尼俄柏悲号着朝天上喊叫，“只留下这么多孩子中最小的一个吧！”但就在她还在祈求时，那孩子已经从她怀里坠落在地。尼俄柏孤零零地坐在她的丈夫、儿子和女儿的尸体中间，她因悲哀过度而变得僵硬。微风再也吹不动她的头发，她的脸上已经没有一丝血色，双眼嵌在悲哀的面孔上一动不动。她的血液在血管里停止了流动，心脏也停止了跳动。她的脖子不再转，胳膊不再动，脚也不能再迈步了，她整个人都变成了一块石头。除了眼泪，她已经没有了生命。眼泪总是不断地从那双化成岩石的眼睛里往外流。这时，一阵暴风吹来，卷起这个石头人，越过大海，到达尼俄柏的故乡吕狄亚的荒山野岭，把她放在西皮罗斯的悬崖上。在这里，化为石像的尼俄柏立在这座山的峰顶，直到今天仍然泪流不止。

西绪福斯

西绪福斯是埃俄罗斯的儿子。他是尘世间最阴险狡诈的人。他是位于两国之间的狭窄地带里的优美的克林斯城的建造者和国王。在宙斯拐走河神阿索波斯的女儿——美丽的神女埃癸娜以后，西绪福斯要求阿索波斯为他打一口井，之后才肯透露宙斯藏匿他女儿的地方。阿索波斯果真在科林斯城的巉崖上为西绪福斯打了一口著名的波林娜井，以示报答。

宙斯决意惩罚这个泄密者，便派死神塔那托斯到他那里去。但西绪福斯巧妙地抓住了死神，给他戴上了沉重的镣铐，结果人世间从

此不再有人死亡。直到强大的战神阿瑞斯解放了死神，死神才把西绪福斯带到冥府去。然而西绪福斯过去曾叮嘱妻子，他死后不要杀生祭奠他。冥王哈得斯和冥后珀耳塞福涅以为是他妻子破坏习俗，大为愤怒。经过西绪福斯的劝说，冥王才准许他回到人间去督促他那迟迟不祭奠他的妻子。

西绪福斯就这样从冥府溜掉了。他压根儿就没想要返回冥府。在人间，他一味地寻欢作乐。但正当他坐在丰盛的筵席上大吹他是怎样成功欺骗了冥王时，塔那托斯突然出现，毫不容情地把他抓回了冥府。在地狱，他受到了惩罚——他必须把一块球型巨石推到山顶。他手脚并用，使足气力，从平地往高山推滚巨石。但每当他以为已经把巨石滚到了山顶时，巨石又滚落到山下去。这个备受折磨的罪犯一次又一次，永不停歇地往山顶滚这块巨石，汗不住地从他的身体上流下来。

直到今天，人们还根据这个传说把艰难而无效的工作叫作西绪福斯的工作。

俄耳甫斯和欧律狄刻

无与伦比的歌手俄耳甫斯是色雷斯国王河神俄阿格洛斯与缪斯之一卡利俄珀所生的儿子。阿波罗本人也是音乐之神，他送给俄耳甫斯一把七弦琴。每当俄耳甫斯弹琴，同时放声歌唱母亲教他的动听歌曲时，天上的鸟、水里的鱼、森林中的野兽、甚至树木和岩石都赶来倾听他绝妙的歌声。他的妻子是美丽可爱的水神欧律狄刻。他俩柔情满怀，相亲相爱。啊，但是他们的幸福时刻实在太短暂了！因为婚礼的快乐歌曲刚刚沉寂，早来的死神便夺走了他的正值灿烂年华的爱妻的生命。美丽的欧律狄刻在和她的神女同伴们在溪边草地上散步时，被一条藏在草丛里的毒蛇咬伤了脚后跟。这位水神的悲鸣和哀号不停地在高山峡谷里回荡。俄耳甫斯听到他死去的消息后，悲痛欲绝。他哀婉的歌曲倾诉着无尽悲痛，小鸟和有灵性的大小麋鹿跟这位孤独的男子一起哀伤。但他的祈祷和哭诉还是唤不回已失去的爱妻。

于是，他做出了一个闻所未闻的决定：下到可怕的地府里去，请求冥王冥后把欧律狄刻还给他。在泰纳隆，他从地府的入口走了下去，死人的影子阴森恐怖地飘浮在他周围。但他大步流星地从死人王国的种种恐怖场面中走过去，一直走到面无血色的冥王哈得斯和冥后珀耳塞福涅的宝座前。在那里，他操起七弦琴，随着优美的琴声唱道："哦，地下王国的统治者啊，请恩准我诉说衷肠，请赏脸倾听我的愿望！我不是被好奇心驱使下来参观阴间和看三头犬的，而是为了爱妻来到你们的身旁。她给我的王宫带来欢乐和骄傲还没几天，就被毒蛇咬伤，正当青春年华，便归了阴间。瞧，我要忍受这无法承受的痛苦！我不能没有欧律狄刻！我祈求你们，神圣的统治亡魂的神！在这充满恐怖的地方，在你们管辖的这片沉默荒野，请你们把她，把我的爱妻，还给我，还她自由，让她过早凋零的生命重获青春！如果不能这样，那就把我也归入亡魂的行列。没有她，我永远也不重返阳世。”亡魂听了他的祈求，都放声痛哭起来。冥后珀耳塞福涅招呼欧律狄刻，欧律狄刻摇摇晃晃地走来。“你把她带走吧，”冥后说，“但你要记住，在你穿过冥府大门之前，一眼也不能看跟在你身后的妻子，这样她才能重新属于你。如果你过早地回过头去看她，她就永远不属于你了。”

现在，俄耳甫斯带着妻子，默默地快步沿着夜色笼罩的恐怖黑暗的路向上攀登。俄耳甫斯心里突然产生一种无法形容的渴望：他偷偷侧耳倾听，看能不能听到妻子的呼吸声或裙裾的窸窣声。然而，他什么也听不见，周遭的一切如死一般寂静。他被恐惧和对爱情的渴望压倒，无法控制自己，就壮着胆子迅急地朝后看了一眼。哦，真不幸呀！就在这时，欧律狄刻两只充满悲哀和柔情的眼死死地盯着他，飘然坠回那令人毛骨悚然的深渊。他无比绝望地把手臂伸向渐渐消失的欧律狄刻。一点用处也没有！她遭遇了第二次死亡，但没有哀怨。假如她抱怨的话，只能怨自己被爱得太深。她已经在他的视线中消失了。“再见，再见了！”从远方传来这样低沉微弱的渐渐消失的声音。

由于伤心和惊骇，俄耳甫斯呆立了片刻，随后又冲回黑暗的深渊。但现在冥河的艄公堵住了他，拒绝帮他渡过黑色的冥河。于是，这个可怜的人便不吃不喝，不停地哭诉，在冥河岸边坐了七天七夜。他祈求冥府的神再发慈悲，但冥府的神是不讲情面的。他们绝不会第二次心软。随后，他只好无限悲伤地返回人间，走进色雷斯偏僻的深山密林。他就这样避开人群，独自一人生活了三年。见到女人他就憎恶，因为欧律狄刻可爱的形象一直萦绕在他脑海中。是她使他发出一切悲叹和歌声；一想起她，他就弹起七弦琴，唱起动听又哀怨的歌。

一天，这位歌手坐在一座遍是绿草却无树荫的山上唱起歌来。森林立刻移动，一棵棵大树移得越来越近，直到它们用自己的树枝为他罩上阴影。林中的野兽和欢快的小鸟也都凑过来围成一圈，倾听他绝妙的歌唱。就在这时，一群正在为酒神狄俄尼索斯举行狂欢活动的色雷斯女人们吵吵嚷嚷地冲上山来。她们憎恶这个歌手，因为自从这个歌手的妻子去世以后，他就鄙视所有女人。

“瞧，那个嘲讽女子的人，他在那儿！”一个酒神的狂女喊了一声，一群狂女就一边咆哮着冲向他，一边朝他投掷石块，挥舞酒神杖。他的歌声渐渐消失在这群疯狂女人的怒吼中。突然，一块飞石击中了俄耳甫斯的太阳穴，他立刻满脸是血地倒在绿草地上死了。

那群杀人的狂女刚刚逃走，鸟儿就呜咽着扑翅飞来。山岩和一切兽类都悲伤地走近他。山林水泽的神女也都匆匆聚拢到他身边，而且都裹着黑色的袍子。他们都为俄耳甫斯的死悲伤不已。他们埋葬了他残缺不全的肢体。赫布鲁斯上涨的河水收起并卷走了他的头和七弦琴。无人拨弄的琴弦和失去灵魂的口舌发出动听的琴声和歌声，声音在水中不停地荡漾；河岸则轻声报以悲哀的回响。这条河就这样把他的头和七弦琴带到大海的波涛里，直达斯伯斯小岛的岸边，那里虔诚的居民把他的头和七弦琴捞了上来。头被埋葬了，七弦琴则被挂在一座神庙里。因此，传说那个小岛出了不少杰出的诗人和歌手，甚至为了祭奠神圣的俄耳甫斯，那里的夜莺的歌声也比别处的更悦耳。俄耳甫斯的魂灵飘飘摇摇地下了地府。在那里，他又找到了心爱的人。现在，他们留在了那个仙境，幸福地拥抱，不再分离，彼此永远结合在一起。

阿耳戈英雄的传说

伊阿宋和珀利阿斯

伊阿宋是埃宋的儿子，克瑞透斯的孙子。克瑞透斯在忒萨利亚海湾修建了城市，缔造了伊俄尔科斯王国，并将这个王位传给了他的儿子埃宋。但克瑞透斯的幼子珀利阿斯篡夺了王位。埃宋被杀后，他的儿子伊阿宋被藏在喀戎的山洞里。喀戎是一个半马人。他曾培养出许多伟大的英雄。伊阿宋就是在这样一个良好的培育英雄的环境里成长起来的。

珀利阿斯年老时，由于听过一道隐秘的神谕而心惊胆战。神谕警告他提防一个穿一只鞋的人。珀利阿斯无论怎样冥思苦想，也弄不清这句话的含义。这时，伊阿宋已经在喀戎的山洞里接受了二十年的教育和培养，正偷偷地动身返回他的故乡伊俄尔科斯，并从珀利阿斯手中夺回王位。他按照古代英雄的装备，随身携带两支长矛，一支用来投掷，一支用来刺杀。他身穿旅行装，身上扎着一张豹皮——那头豹是他亲手杀死的。他那不曾修剪的长发披在肩上。

途中，他路过一条宽阔的河，站在河岸的一位老妇求他帮助过河。这正是天后赫拉——国王珀利阿斯的敌人。她这样伪装，使伊阿宋没有认出她。出于同情，伊阿宋用双臂托着她涉水渡过河去。半道上，他的一只鞋陷在淤泥里了，但他还是继续往前走，来到了伊俄尔科斯。这时，他的叔叔正在城里市场上的人群中向海神波塞冬庄严地献祭。

人们见到伊阿宋这样英俊和魁伟，无不感到惊奇，还以为是太阳神阿波罗或战神阿瑞斯降临到他们身边呢。正在献祭的国王也把目光投向这个外乡人。他惊恐地发现这个人只有一只脚穿着鞋。祭神仪式一结束，他就朝这个陌生人走去，强压着内心的震惊，问他叫什么，家乡在哪里。伊阿宋大胆而又语调平和地回答，他是埃宋的儿子，在喀戎的山洞里受过教育，现在是回来瞻仰父亲故居的。精明的珀利阿斯听完这话便热情地接待了伊阿宋，惊恐的神情一点也没有外露。他命人陪伊阿宋在王宫里四处参观，伊阿宋满怀思念之情欣赏着自己幼年时期的住所。一连五天，他都和堂兄弟及亲朋在一起参加欢乐的宴席，以庆祝他的归来。

到了第六天，他们才离开为宴客而临时搭起的帐篷，一起来到

国王珀利阿斯面前。伊阿宋温和而谦逊地对他叔父说:“哦,国王啊,你知道,我是法定国王的嗣子,你现在所占有的一切都是理应属于我的。尽管如此,我还是会把羊群和牛群,以及你从我父母手中夺去的所有土地都留给你。我只要求你把我父亲传给我的王位和王杖归还给我。”

珀利阿斯眼珠一转,计上心来。他亲切地答道:“我很愿意满足你的要求,但你也要答应我一个请求,你得为我做一件事——这是适合像你这样的年轻人去做的事,像我这样的老年人已经做不了了。长久以来,我老是在夜里梦见佛里克索斯的阴魂,他要求我给他的灵魂带去安乐。因此,如果你现在到科尔喀斯的埃厄忒斯国王那里取回金羊毛,你就可以得到王国和王权。”

阿耳戈英雄远征的动机和启航

金羊毛的故事是这样的:佛里克索斯是玻俄提亚国王阿塔玛斯的儿子。他受到后母即他父亲的宠妾伊诺的百般虐待。为了保护他不受排挤,他的生母涅斐勒在他姐姐赫勒的帮助下把他抢走了。涅斐勒让她的两个孩子佛里克索斯和赫勒骑在一只长翅膀的公羊背上。这只公羊是神明赫尔墨斯作为礼物送给她的,这只羊的毛是纯金的。姐弟俩骑着这头奇畜腾云驾雾,越过大地和海洋疾驰。半路上,姐姐因为眩晕严重从空中跌落,葬身大海。这一片海便因她而得名,称作赫勒海,或称作赫勒斯蓬托斯。

佛里克索斯则顺利地来到了黑海边的科尔喀斯。在这里,国王埃厄忒斯热情地接待了他，还把一个名叫加尔吉俄珀的女儿许给他为妻。佛里克索斯宰了公羊，以向保护他逃跑的宙斯献祭，还把金羊毛赠给了国王埃厄忒斯。埃厄忒斯则把金羊毛献给了战神阿瑞斯，并把金羊毛钉在敬奉战神的一棵橡树上。埃厄忒斯命一条毒龙守卫金羊毛，因为神谕宣示：他的生命完全取决于他是否拥有金羊毛。全世界都把金羊毛视为无价之宝，希腊人也早有耳闻，许多英雄和王侯都渴望得到它。因此，珀利阿斯鼓励他的侄儿伊阿宋去夺取这样一个绝妙的宝物，这个想法看上去并没有错。

伊阿宋并没有看出叔叔的用意是想让他死在这次远征的冒险中，于是郑重地接受了这次任务。希腊著名的英雄都被请来参加这次英勇的行动。希腊技术高超的造船工匠们，在雅典娜的指导下，于珀利翁山脚下，用一种在海水中不易腐烂的木料造了一艘五十桨的豪华大船，并以造船师阿耳戈斯（即阿瑞斯托尔的儿子）的名字来命名——“阿耳戈号”。这是希腊人敢于用来航海的第一艘长船。船壁上的一块镶板是雅典娜女神赠予的，是能发布神谕的神奇的多多那橡木板。船的两侧装饰着精美的雕刻。不过，船体仍然很轻，英雄们可以扛着它行走十二天。

大船完工，英雄们聚集起来，抓阄决定各自在船上的位置。伊阿宋任全队的指挥，提费斯为掌舵，慧眼人林扣斯为领航。船首坐着威严的英雄赫剌克勒斯，船尾则坐着阿喀琉斯的父亲珀琉斯和大埃阿斯的父亲忒拉蒙。此外，内舱的水手中有宙斯的两个儿子卡斯托尔和波吕丢刻斯，有阿德墨托斯，神奇的歌手俄耳甫斯，雅典后来的国王忒修斯，赫剌克勒斯年轻的朋友许拉斯，波塞冬的儿子欧斐摩斯，以及小埃阿斯的父亲俄琉斯。在起航之前，全体船员向波塞冬及其他海里的神明进行了隆重的献祭和庄严的祈祷。

阿耳戈英雄们在楞诺斯岛

他们首先到达楞诺斯岛。一年前，岛上的女人们把自己的丈夫都杀死了，甚至根除了所有的男人。原因是她们的丈夫曾经从特剌刻带来许多宠妾，爱神阿佛洛狄忒的愤怒使她们压不住怒火，嫉妒心理引动了她们的杀机。只有许普西皮勒没有加害她的父亲托阿斯国

王，她把他装在一个箱子里投进大海，放任海洋去挽救他。从此以后，岛上的妇女无时无刻不在担心来自特剌刻，即来自情敌的亲属的攻击，常常以警惕的目光观察海上的动静。现在，当她们眼看着“阿耳戈号”划近时，全都惊恐地跑出家门，像阿玛宗女人一样手持武器，冲向海岸。

英雄们看到海岸上遍是全副武装的妇女，而不见一个男人，都感到十分惊奇。他们派出一个手持和平杖标的使者乘小船来到这群奇特女人们的跟前。这使者被女人们带到未婚的女王许普西皮勒面前后，谦卑恭顺地提出阿耳戈船员想在此短时客居的请求。女王把她的全体妇女召集到本城的集市广场上，本人坐在她父亲的大理石宝座上。老保姆拄着拐杖紧挨着她，左右两边各坐着两个美丽的金发少女。女王向众人报告完阿耳戈船员们的和平要求后，站起来说：“亲爱的姐妹们，我们曾犯下一个大罪，这件蠢事使我们失去了男人。现在，我们不应该把向我们表示友好的朋友拒之千里之外。但我们必须注意，不能让他们知道我们犯下的罪行。因此，我建议把食物、酒和其他一切生活必需品送到这些外乡人的船上去，通过这样的殷勤效劳使他们远离我们的城池。”

女王坐下时，那位老保姆却站了起来。老人费力地抬起缩在两肩之间的头，说：“送给外乡人礼物，这是好事。不过，也要想到，一旦特剌刻人来了，你们可怎么办？即使有一个慈悲的神使他们接近不了这里，你们就安全了吗？就能逃脱一切灾祸吗？像我这样的老妇倒没有什么可担心的，因为我会在灾难逼近或一切储备耗尽之前死去。但你们年轻人到那个时候可怎么生活呢？难道牛会自动为你们驾轭，为你们犁田？夏天过去以后，它们会代替你们收割吗？你们自己是不愿意干这类艰苦农活的。我劝你们不要拒绝这送上门来的符合你们愿望的保护。把你们的土地和财产交给这些高贵的外乡人，让他们来管理你们的这座美丽的城池吧！”这个忠告完全符合所有女人的心意。

女王派坐在她身旁的一个少女随信使登船，向英雄们通报这个女人大会做出的亲善的决定。听到这个消息，英雄们万分高兴，他们都以为许普西皮勒是在她父亲死后和平地继承王位的。伊阿宋披上雅典娜女神送给他的紫色斗篷向城里走去，好似一颗闪烁的星。他走进城门，妇女们便向他拥去，高声致意，并因客人的到来而欢呼雀跃。他谦逊畏缩地两眼盯着地面，匆匆走向女王的宫殿。宫女们为他敞开高大的宫门，随同的少女把他领到女王的居室。在这里，他坐在女王对面的一把华丽的椅子上。

许普西皮勒目光低垂，处女的两颊泛着红晕。她羞怯地转向他，用奉承的言辞说：“外乡人，你们为什么如此畏缩地停留在我们的城外呀？这个城里没有男人，所以你们不必害怕。我们的男人对我们不忠。他们都带着在战争中抢来的特剌刻宠妾迁到那些女人的国土上去了，而且带走了他们的儿子和男仆，只有我们这些女人孤独无助地留在了这里。因此，如果你们愿意，你们就到我们这里长住。如果你愿意，你可以代替我父亲托阿斯管理你的人和我们。你不会说这个地方不好的，因为它是这一带海洋里最丰裕的岛屿。善良的首领啊，去向你的朋友转达我的这个建议吧！你们不要再滞留在城外了。”她说了这样一席话，唯独把女人们杀害自己丈夫的事隐瞒了下来。

伊阿宋回答她说：“女王，我们怀着感激的心情接受你对我们这些急需帮助的人提供的援助。等我把这个消息转告给同伴以后，我就回到你们的城市里来，但王杖和岛国还是由你自己掌管吧！不是因为我看不上它，而是因为远方还有艰苦的斗争在等待着我。”伊阿宋与身为女王的少女握别，然后就回海边去了。

紧接着，女人们也乘着快船带着许多待客的礼品赶到。船上的英雄们已经得知他们的首领带来的消息，所以她们没费吹灰之力就说服了这些英雄进城并住在她们家里。伊阿宋本人住在王宫里，其他人分别住在女居民家里。只有赫剌克勒斯因憎恶女人而留在船上。现在城里处处都在欢宴和跳舞，献祭的香烟袅袅地升向蓝天。女居民和男客人都在祭祀岛屿的保护神赫淮斯托斯和他的妻子阿佛洛狄忒。行期一天一天推迟，要不是赫剌克勒斯从船上跑来，背着那些女人把伙伴们召集起来，那些英雄很可能还要在友好的女主人那里逗留更久呢。“你们这些可耻的家伙！”他呵斥他们说，“你们自己的家乡不是有足够多的妇人吗？你们是因为想要结婚才到这里来的吗？难道你们愿意在楞诺斯务农耕田？当然，神会为我们取来金羊毛放在我们的脚边！我们每个人最好还是各自返回家乡吧。让那个人，让那个伊阿宋娶许普西皮勒为妻，跟他的子孙住在楞诺斯岛上，去听别人创造英雄伟绩的消息吧！”

没有一个人敢抬起眼睛看这位说话的英雄，更没有一个人敢于反对他。他们立刻准备起航。楞诺斯的女人们猜到了他们的意图，便像嗡嗡叫的蜂群似的围着他们怨诉和请求，但最后她们还是屈从于英雄们的决定了。许普西皮勒眼中噙着泪水从众人中走过去，握着伊阿宋的手，说："愿诸神如你们所愿，赐给你和你的同伴金羊毛！如果你愿意回到我们这里，这个岛国和我父亲的王杖随时等待着你。但我心里很清楚，你是不会回来的。那么，等你到了远方，请至少还想念着我吧！"伊阿宋依依不舍地与高贵的女王分别，第一个登上大船。其他英雄紧随其后。

赫剌克勒斯被留下了

在暴风雨中航行了一程以后，英雄们在靠近喀俄斯城的比堤尼亚的一个海湾登陆。居住在这里的密西亚人热情地接待了他们，为他们堆起干柴生火取暖，用绿树叶为他们铺成柔软的床，还在夜色朦胧中把酒菜端到他们面前。

赫剌克勒斯鄙视旅行中的舒适享受，他让同伴们坐在那里饮宴，独自一人走到森林里去，想用枞木为明天早晨的航行做一支更好的桨。很快，他便找到了一棵正合他意的枞树。

与此同时，他的年轻伙伴许拉斯也站起来离席，想为他的主人和朋友汲取饮水，也想为归程做充足的准备。在反对德律俄珀斯的征战中，赫剌克勒斯因口角杀死了许拉斯的父亲，于是他收留了这个孩子，使许拉斯成为他的仆人和朋友。当这个美少年在泉边汲水时，一轮满月在他的头顶闪着光辉。他拿着水罐刚刚俯近水面，泉中的水

仙就看见了他。水仙被他的俊美迷住了，便伸出左臂抱住他，用右手抓住他的臂肘，把他拉到水下去。这时，一个名叫波吕斐摩斯的英雄正在离那眼泉水不远的地方等候赫剌克勒斯归来。他听到了这个少年的呼救声，但怎么也找不到他，却碰到了从林中归来的赫剌克勒斯。“太不幸了，”他朝赫剌克勒斯喊道，“我必须第一个把这个悲哀的消息告诉你！你的许拉斯到泉边汲水，再也没回来！不是强盗把他劫走了，就是野兽把他撕烂了，我亲耳听到了他的惨叫。”赫剌克勒斯听到这话，额头立刻冒出汗珠，热血在他胸中沸腾起来。他愤怒地把枞树枝抛在地上，就像一头被牛虻叮了的公牛离开牧人和牛群一样，撒腿就跑，尖叫着穿过密林奔向泉边。

晨星高悬在山峰上，空中刮起了顺风，舵手劝说英雄们利用顺风登船航行。他们在朦胧的晨光中愉快地航行，当他们想起有两个弟兄波吕斐摩斯和赫剌克勒斯还留在岸边时，已经太晚了。在英雄们之间发生了一场激烈的争论——对于应不应该丢下两个最勇敢的朋友继续航行，双方各执一词。伊阿宋一言不发，静静地坐在那里，忧虑正撕扯着他的心。忒拉蒙却压不住满腔的怒火，“你怎么能这样不动声色地坐在这里呀？”他对这位首领高声说，“你肯定是怕赫剌克勒斯的名声盖过你的名声！即使同伴们都跟你意见一致，我一个人也要返回寻找被遗忘的朋友。”

忒拉蒙一边说，一边揪住舵手提费斯的衣领，眼睛里闪射着火焰。要不是玻瑞阿斯的两个儿子卡拉伊斯和仄忒斯抓住他的手臂，责怪和制止他，他真会逼迫大家返回密西亚人的海滨。

这时，海神格劳科斯从白沫翻滚的浪涛中冒出来，用强有力的手拉住船尾，对忙于航行的人喊道："英雄们，你们吵什么？为什么非要违背宙斯的意志带勇敢的赫剌克勒斯到埃厄忒斯的地方去呢？命运已经为他安排了别的工作。一个慈爱的女仙抢走了他的许拉斯，他是出于对他的依恋才留下的。"向他们揭示了这一切之后，格劳科斯又沉入海中，黑色的海水在他的周围打着旋咆哮。

忒拉蒙满面羞色，走到伊阿宋面前，握着他的手说："别生我的气，伊阿宋！是痛苦使我昏了头，说了些蠢话！让海风把我的错误吹走吧，让我们和好如初！"

伊阿宋也表示愿意和解，于是他们乘着强劲的顺风继续航行。波吕斐摩斯留在了密西亚人当中，并且很适应了当地的生活，还为他们修建了一座城池。赫剌克勒斯则到宙斯指派的其他地方去了。

波吕丢刻斯和柏布律西亚人的国王

第二天早上，太阳升起时，他们在一个凸入大海很远的岬角处抛锚停靠。那里有未开化的柏布律西亚人的国王阿密科斯的畜栏和住房。他为外乡人制定了一条可恶的法律：不同他较量拳击，就不能离开他的领地。他已经用这种方式打死了许多外乡人。现在，船一靠岸，他又走上前来，轻蔑地说："听着，你们这些海上的流浪汉，有一事你们必须知道！外乡人不在拳击中打败我，就休想离开我的国土。挑选出你们当中最有能耐的人到我这儿来，否则你们可要遭殃喽！"

眼下，在阿耳戈英雄们当中，有一个全希腊最好的拳击手，这就是勒达的儿子波吕丢刻斯。对方的挑衅激怒了他，于是他冲着国王喊道："别啰嗦了！我们愿意遵守你的法律。我就是你要找的对手！"

柏布律西亚国王转动着眼珠子，仔细打量这位勇敢的英雄，就像一头受伤的狮子看着它的攻击者。波吕丢刻斯这位年轻的勇士看上去却像天上的星星一样明朗。他甩了甩两手，试试它们在长时间的摇桨之后是不是有些不大灵活。

英雄们都离船了，两个拳击手面对面摆好架势。国王的侍从把两副拳击手套抛在二人之间的地上。"你随意选一副吧。"阿密科斯说，"我不愿意跟你抓阄！你很快就会凭自己的感受知道，我是一个很棒的鞣皮匠，我要叫你尝尝两颊血肉模糊的滋味！"波吕丢刻斯默然一笑，捡起离他最近的一副手套，让他的朋友把手套绑在他的手上。柏布律西亚国王也这样做了。

现在拳击比赛开始了。犹如海浪冲击航船，舵手使尽招数也抵挡不住猛烈的进攻，那国王向这希腊人步步进击，不让他有喘息的机会。但波吕丢刻斯总是巧妙地躲过袭击，没有受伤。他很快摸清对手的弱点，给了他几下挡不住的硬拳。国王也发现了波吕丢刻斯的优势，于是在双方的拳击中颚骨的破裂声和牙齿的格格声响成一片，直到二人气喘吁吁才休息了一下。他们都跳到一边，透一透气，擦去不住流淌的汗水。拳击比赛继续，阿密科斯挥拳朝对手的头部击去，但没有击中，只是打在了对方的肩膀上，而波吕丢刻斯却击中了对方的头，打碎了他的头骨，疼得他跪倒在地。

阿耳戈英雄们齐声欢呼起来。柏布律西亚人却跑到他们的国王

身边，并用棍棒和猎矛对准了波吕丢刻斯，向他逼近。英雄们都拔出闪光的刀剑来，站在前面保护他。一场血战展开了。柏布律西亚人被打得抱头鼠窜，不得不躲到内陆去。英雄们扑向畜群，获得了许多战利品。他们一整夜都留在岸上，包扎伤口，向诸神献祭，随着俄耳甫斯的琴声高声歌唱。

菲纽斯和美人鸟

黎明时分，阿耳戈英雄们继续航行。又经过几次冒险，他们在一处海岸停船抛锚。住在这里的是英雄阿革诺耳的儿子菲纽斯国王。他正遭受着极大的灾祸。因为滥用了阿波罗赐给他的预言神力，所以他一到高龄便被罚双目失明，而且还有那些可恶的怪鸟，美人鸟，搅扰他，不让他安静地进餐。它们用尽浑身解数抢夺他的食物，还把剩下的食物弄脏，叫人无法下咽。菲纽斯得到一道宙斯的神谕：玻瑞阿斯的儿子们和希腊船员到来后，他就可以安静地进食了。

因此，这位老人一听到“阿耳戈号”到达的消息，就离开了他的居室。这时，他已经饿得骨瘦如柴，看上去就像一个影子。他年迈体衰，两腿颤抖，一根手杖支撑着他迈着摇摇晃晃的步子，眼前天旋地转。他刚走到阿耳戈英雄们身边，就精力耗尽，倒在地上。英雄们站在这位不幸的老人周围，看到他那副样子无不惊愕。当他清醒过来，听说英雄们就在眼前时，便突然以祈求的口吻说：“高贵的英雄啊！如果你们真是神谕所预言的那些人，就请帮帮我吧！复仇女神不仅迫使我双目失明，而且让可恶的怪鸟夺走我这老人的食物！你们援救的不是外乡人，我是希腊人，是阿革诺耳的儿子菲纽斯，曾经是特剌刻的统治者。玻瑞阿斯的儿子们想必参加了你们的远行。他们应该来救我，他们是克勒俄帕特拉的弟弟，而克勒俄帕拉是我在特剌刻时的妻子。”

听了这一席话，玻瑞阿斯的儿子仄忒斯就扑到老人的怀里，并向他许诺，有他兄弟的帮助，老人一定会摆脱美人鸟的折磨。他们就地为老人准备了一餐饮食，这将是贼鸟侵扰的最后一餐。老人还没来得及去碰食物，那些恶鸟就像突如其来的风暴一样扇动着翅膀从云层中直冲而下，贪婪地落在食物上。英雄们又吼又叫，想把它们吓跑，但它们一动也不动，直到把所有食物啄光，才飞向天空，留下的是一般难闻的气味。玻瑞阿斯的儿子仄忒斯和卡拉伊斯立即拔剑追赶它们。玻瑞阿斯的两个儿子精力充沛，紧追不舍。终于，他们离恶鸟很近了，可以置它们于死地，但就在这时，宙斯的女使者伊里斯忽然出现，对两位英雄说：“玻瑞阿斯的儿子，你们不能用剑杀死宙斯的这些猎犬。我当着斯提克斯的面以众神的誓约向你们保证，这些猛禽再也不会侵扰阿革诺耳的儿子。”玻瑞阿斯的两个儿子听了伊里斯的誓言，便不再追赶，转身返回航船。

与此同时，希腊的英雄们为了保养年老的菲纽斯的身体，备下圣餐，宴请了这位饥饿至极的老人。他尽情地吃着洁净而丰盛的食物，就好像是在梦中充饥似的。

到了夜里，趁大家等候玻瑞阿斯的儿子归来的时候，老国王菲纽斯为了表示感谢，给他们讲了一个预言。“首先，”他说，“你们将在一个海峡遇到撞岩。这是两个有着巉岩绝壁的岛屿。它们在海底没有根基，总是浮在大海中。它们时常彼此漂动聚拢，随后又被潮水波涛分开。如果你们不想整条船被挤得粉碎，你们就得像鸽子飞那么快地从它们之间拼力划过去。穿过撞岩，你们将到达玛里安底尼海滨，那里有通向冥府的入口。然后，你们经过许多海角、河流和海岸，经过阿玛宗女人国和汗流浃背地挖掘铁矿石的卡吕柏斯人的领土。最后，你们将到达科尔喀斯海岸，宽阔的法细斯河翻卷着波涛从那里流入大海。在那里，你们将看到埃厄忒斯国王那高耸入云的堡垒，就在那里有不眠的巨龙守护着挂在橡树梢头的金羊毛。”

英雄们聚精会神地听着老人的讲述，人人都心怀恐惧，正想提别的问题，玻瑞阿斯的两个儿子从空中落到他们中间。他俩带来的伊里斯的誓约使国王菲纽斯打心眼里高兴。

撞岩

菲纽斯怀着感激之情，激动地与恩人们告别。现在英雄们又继续航行，去迎接新的冒险。途中，他们忽然听到从远处传来一声震耳的巨响。原来，这是不断碰撞又分开的撞岩发出的轰鸣声、岸边的回响和海涛的怒吼合在一起的响声。

舵手提费斯警觉地站在舵旁。欧斐摩斯在船里站起来，右手掌上托着一只鸽子，因为菲纽斯曾给出过预言：如果一只鸽子能毫不畏惧地从撞岩中间飞过去，那么他们就可以大胆地穿行。两个巨岩一分开，欧斐摩斯就把鸽子放飞，大家都满怀希望地翘首观望。鸽子正从中间飞越时，两个岩石又相互靠近了。翻滚的海浪轰轰然升上来，咆哮声响彻海空。现在两个岩石碰在了一起，把鸽子的尾羽夹断了，幸好它还是飞过去了。

提费斯大声呼叫着鼓励摇桨的船员。这时岩石又分开了，冲进岩石中间的浪涛把船吸了进来。死亡威胁着他们——一股数丈高的巨浪朝他们袭来。一见这可怕的景象，他们都瑟缩着低下了头。提费斯命令船员们停止摇桨，冒着白沫的海浪在船底翻滚，把船举得高过正在合拢的岩石。英雄们用力摇桨，船桨都给摇弯了。现在漩涡又把船拉下来，让它落在两座浮岩的中间。两个浮岩从两侧向船腹撞来，就在这时，全船的保护女神雅典娜冥冥之中推了他们一把，使船顺利通过了，相合的巉岩只把船尾最外面的船帮擦伤了一块。当英雄们又看见开阔的大海时，他们都长舒了一口气，仿佛觉得从冥府归来一般。

“我们闯过夹缝不是单靠我们自己的力量。”提费斯高声说，“我清楚地感觉到身后有雅典娜的神手使出迅疾而强大的力量使大船穿过撞岩！”

伊阿宋悲哀地摇了摇头，说：“善良的提费斯呀，当初我答应珀利阿斯的请求，承担这个差事，真是给诸神添麻烦了。还不如让他把我杀死了呢！现在我日夜悲叹不止，并不是为了我自己，而是考虑你们的生命和幸福，考虑怎样让你们脱离可怕的险境，平安地把你们带回故乡去。”英雄这样说，无非是试探同伴们的心。同伴们都向他欢呼，要求继续前进。

新的冒险

经历了各种各样的遭遇，英雄们继续前进。在航行中，他们忠实的舵手提费斯病死了，他们只好把他埋葬在异乡的海岸。他们选中安开俄斯代替他的位置。对这艰难的工作，安开俄斯推辞了好一阵子，直到女神赫拉使他有了勇气和信心，他才接受了这个工作。他走上舵手的岗位，将船驾驭得极好，简直就像提费斯本人坐在舵旁一样。

十二天后，他们张满船帆，来到卡利科洛斯河的河口。到了这里，他们望见了立在一座山丘上的英雄斯忒涅罗斯的坟墓，他是在和赫剌克勒斯进攻阿玛宗人时，中箭阵亡在此地的。他们正要继续航行，斯忒涅罗斯的亡魂显现了。他热切地看着本族的乡亲。他高高地站在墓丘上，形象跟他出征时一模一样，装饰战盔的四根红色羽毛在不停地颤动。但他只显现了一小会儿，就又沉入了黑暗的深渊。英雄们都吓得放下了桨。只有预言家摩普索斯懂得这逝者的要求。他劝乡亲们举行一次奠酒礼以慰亡灵。大家立即落帆停船，走到墓前围成一圈，洒酒在地，焚烧宰杀的羊。

然后，他们又向前行驶，终于到达忒耳摩冬河的河口。世上没有别的河流可以与这条河相比。它的发源地是深山中的一眼泉，分成九十六个支流后，又一起奔腾入海，就像一群蛇挤挤压压地爬进广阔的大海。

在河口最宽阔的地方住着阿玛宗人。这些女人是战神阿瑞斯的后裔，全都嗜战成性。如果阿耳戈英雄们在这里登陆，势必陷入与这些女人的一场血战，因为她们的战斗力完全可以与勇敢的英雄们相匹敌。她们不是住在一个城市里，而是分成许多部落，散居四乡。这时，顺着水流的西风把阿耳戈英雄们刮得远离了这些好战女人的国土。

经过一天一夜的航行，正如菲纽斯所预言的，他们来到了卡吕柏斯人的地区。这里的人不种田，不栽果树，也不在湿润的草地上放牧。他们只在荒地上挖掘矿砂和铁矿石，以此换取食物。他们的劳动十分繁重，他们在黑暗的地洞和浓烟中劳作，从来看不见阳光，苦度岁月。

英雄的船从许多民族的领地周边驶过去。当他们接近阿瑞提亚岛的时候，岛上的一种鸟朝他们振翅飞来。一只鸟飞临船的上空时，一抖动翅膀，便落下一支翎管，这翎管一下子就扎进了俄琉斯的肩膀。英雄受伤后，疼得松开了手中的桨。同伴们见状十分惊讶，离他最近的伙伴替他拔出翎管，包扎伤口。一眨眼，又出现了第二只鸟。这时，克吕提俄斯已持弓守候。他一箭射去，那中箭的鸟立即落在了船上。

“大概离岛屿很近了。”航海经验丰富的英雄安菲达玛斯说，

“但要提防那些鸟，它们肯定数量很多。如果我们登陆，要想射杀它们，我们的箭可能不够用。我们得想个办法驱逐这些好斗的飞禽。大家都把有羽毛飘动的头盔戴上，一半人摇桨，另一半人用矛和盾把船遮挡起来，然后我们大声呼喊。当这些猛禽听见我们的吼叫，看到头盔上飘拂着的羽毛、矗立的矛和闪光的盾时，它们就会被吓跑。”

英雄们都很赞赏这个计谋，并且立即照办。他们向前行驶时，一只鸟也没有看见。当他们接近岛屿，盾牌发出“叮当”的声音时，海岸上无数的鸟惊叫着飞起来，像遇上暴风雨急忙逃难一样从船上飞过去。但是，英雄们犹如遇到冰雹立即关上窗户一样，赶紧用盾牌遮住自己，因此那些尖锐的翎管落下来时没有伤着他们。这些被称作斯廷法利得斯的可怕的鸟，则越过大海远远地飞到对岸去了。于是，阿耳戈英雄便按照预言家菲纽斯国王的建议在这个岛登陆了。

他们在这里得到了意想不到的朋友和伙伴。他们在岸上刚走了几步，就遇到了四个衣衫褴褛、一无所有的年轻人。其中一人快步向正在靠近的英雄们走来，跟他们说话。“好汉，不管你们是谁，”他说，“请帮帮可怜的沉船人吧！给我们点穿的遮遮体，给我们点吃的充充饥吧！”

伊阿宋好心地答应向他们提供一切帮助，同时问了问他们的名字和家族。“你们一定听说过阿塔玛斯的儿子佛里克索斯的故事吧。”那青年应答道，“是他把金羊毛带到科尔喀斯去的。国王埃厄忒斯把长女嫁给了他。我们是他的儿子，我叫阿耳戈斯。我们的父亲佛里克索斯不久前去世了。我们是按照他的临终遗嘱乘船去拿留在俄耳科墨诺斯城的宝物！”

听了青年的话，英雄们非常高兴，伊阿宋待他们如同手足，因为四个年轻人的祖父阿塔玛斯（佛里克索斯的父亲）和伊阿宋的祖父克瑞透斯（埃宋的父亲）是亲兄弟。几个青年接着讲了他们的船怎样在凶狂的暴风雨中被巨浪打碎，他们怎样抓着一块木板漂到这个荒无人迹的岛上。然而，当阿耳戈英雄们把自己的计划告诉他们，并要求他们参加冒险时，他们却显现出惊恐的表情。“我们的外祖父埃厄忒斯是一个很残暴的人。据说他是太阳神的儿子，因此具有超人的力量。他统治着无数科尔喀斯的人民，而金羊毛则由一条恐怖的巨龙看守。”

有几个英雄听了这话，吓得面如土色。但珀琉斯站起来说：“不要以为我们一定会败在科尔喀斯国王的手下。要知道，我们也是神的子孙啊！他要是不和和气气地把金羊毛交给我们，我们就毫不客气地把它抢走！”接着，他们又在丰盛的宴席上议论了好长时间。

第二天早上，佛里克索斯的四个儿子都穿戴一新，精神焕发地跟英雄们一起上了船。英雄们又继续航行。一天一夜后，他们看到了高加索山的一个个高峰耸立在海面上。暮色渐浓时，他们听到上空响起飞禽的聒噪——那是折磨普罗米修斯的巨鹰从航船的上空飞过。它的翅膀猛烈地扇动，使所有的帆都鼓满了风。不久，他们就听见普罗米修斯的呻吟从远处传来。那是因为巨鹰在啄食他的肝脏。过了一会儿，呻吟声才渐渐消失，这时他们看见那只巨鹰又从头顶飞了回去。

当天夜晚，他们到达了目的地，把船划进法细斯河的入海口。船员们愉快地爬上桅杆，解下帆索。然后，他们划桨进入宽阔的河面，河里滚动的波浪好像在这行驶的庞然大物面前胆怯地倒退。左边是高耸的高加索山和科尔喀斯的首都库塔，右边是辽阔的田野和阿瑞斯的圣林。金羊毛就挂在圣林里一棵高大橡树的枝叶繁茂的树枝上，巨龙两眼圆睁，看守着金羊毛。

伊阿宋站在船舷上，手中高高举起一只斟满美酒的金杯，把酒洒在甲板上，祭奠江河、大地母亲、此地的神明和死在途中的英雄。他请求各路神灵向他们伸出宽爱的手，并看顾他们正想停泊在这里的船。

"看来我们平安地到达了科尔喀斯国。"舵手安开俄斯说，"现在我们该认真地讨论一下，看我们是好心地请求国王埃厄忒斯，还是用别的办法实现我们的计划。"

"明天再说吧！"疲倦的英雄们大声说。

伊阿宋立即下令，把船停在背靠港湾的一个阴凉处。所有的人都躺下酣睡起来。但他们只睡了一小觉，多少解除了些疲乏，因为没过多长时间，曙光便把他们照醒了。

伊阿宋在埃厄忒斯的宫殿里

清晨，英雄们聚在一起展开了讨论。伊阿宋站起来说："各位英雄，我的同伴们，如果你们赞成我的看法，你们所有留下的人就手持武器安稳地待在船上。只有我、佛里索克斯的四个儿子，以及你们当中的两个人到埃厄忒斯的王宫里去。到了宫里，我将首先客客气气地婉言问他愿意不愿意把金羊毛让给我。我不怀疑他会拒绝我的请求。这样我们就可以从他口中探到准信，知道我们必须怎样做了。谁又说得准，我们的话不能使他大发善心呢？从前他友善地接待和保护了逃离后母虐待的无辜的佛里克索斯，不正是说辞打动了他的心吗？”

年轻的英雄们全都赞成伊阿宋的见解。于是，伊阿宋便抓起赫耳墨斯的和解杖，带着佛里克索斯的四个儿子和两个同伴离开了船。

科尔喀斯是一个人口众多的部落。为了使伊阿宋和他的陪同免遭险难，阿耳戈英雄的保护神赫拉降下一层浓雾罩住城市，护送他们，直到他们平安入宫，浓雾才散。他们站在王宫的前院，欣赏着厚实的宫墙、高大的宫门，以及墙边时不时突现出来的巨大柱子。整个建筑都拦腰围着一圈凸出的石头墙围，墙围的卷边装饰着铜制的竖三线槽。他们默默地跨进前院，走向中院的柱廊。柱廊向左右延伸，后面许多人和房间依稀可见。正对面矗立着两座主殿，一座里边住着国王埃厄忒斯本人，另一座里面住着他的儿子阿普绪耳托斯；其余的房间里则住着国王的女儿卡尔喀俄珀和美狄亚及宫女。

国王的小女儿美狄亚是难得一见的。她是赫卡忒神庙的女祭司，几乎所有时光都是在庙里度过的。但这天早上，希腊人的保护神赫拉却使她产生了一种留在王宫里的意愿。她离开自己的卧室，正想到姐姐的房间去，竟同正往里走的英雄们不期而遇。她禁不住惊呼一声，卡尔喀俄珀和她的所有侍女闻声急忙冲出房来。姐姐一看，忍不住欢呼了一声，并朝着天空伸出双臂感谢上苍，原来她一眼就

认出了那四个年轻的英雄是她的孩子，佛里克索斯的儿子。孩子们都与母亲热烈地拥抱，问长问短，高兴得热泪盈眶，持续了很长时间。

美狄亚和埃厄忒斯

最后，国王埃厄忒斯和他的王后厄伊底伊亚也被女儿的欢声笑语吸引出来了。整个前院立刻人声鼎沸，但谁也没觉察到爱神厄洛斯已飞临上空。他从箭囊里抽出一支箭，搭弓射中了美狄亚，这谁也看不见的箭立刻在她胸中像火焰一般燃烧。她不时偷偷地看一眼英俊的青年伊阿宋，其他一切都从她的记忆中消失了，唯有一种甜蜜的痛苦占据了她的心灵。她的脸色一阵白又一阵红，轮番交替着。

欢乐冲昏了头脑，没有一个人注意到美狄亚的变化。仆人端来备好的食物。阿耳戈英雄们已经洗了热水澡，把奋力摇桨时留下的一身汗水洗净，精神饱满而愉快地坐在餐桌旁享用大餐，痛饮美酒。饮宴中，埃厄忒斯的外孙向埃厄忒斯讲述了他们中途被阿耳戈英雄救回的经过，埃厄忒斯也小声地向他们询问了这些外乡人的情况。

“外祖父，我不想对你隐瞒，”阿耳戈斯小声说，“这些人是来恳求你把我父亲佛里克索斯的金羊毛给他们。有一个国王想霸占他们的财产，把他们驱逐出王国，才让他们担负这个危险的使命。那个国王希望，他们还没把金羊毛带回王国之前就触怒宙斯，遭到佛里克索斯的报复。帕拉斯·雅典娜帮助他们造了一艘船，我们科尔喀斯人所用的船当中没有一艘比得上它。我们，你的外孙，驾驶的船当然是我们船队中最差的船，它连第一次风暴的袭击都抵挡不了……而这些外乡人的船特别坚固，什么样的风暴也休想把它摧垮，况且英雄们会不停地摇桨以抗击风暴。全希腊最勇敢的英雄都聚集在这艘船上。”

国王听了这一席话，不禁心生恐惧，对外孙们极端不满，因为他认为这些外乡人是他们引到宫廷里来的。他浓眉紧皱，双眼放着怒光，大声说：“滚开，别叫我看见你们，你们这些孽种，诡计多端的人！你们不是来取金羊毛，是来夺取我的权杖和王位的！假如你们不是作为客人坐在我的宴席上，我早就割了你们的舌头，剁了你们的手，只让你们留下脚从这里跑出去！”

忒拉蒙听到这话，非常愤怒，真想站起来用同样的话回敬国王。但伊阿宋制止了他，并温和地答道："请镇静，埃厄忒斯王！我们到了你的城里，进了你的王宫，不是来掠夺你的。有谁愿意穿行如此辽阔而危机四伏的大海来夺取陌生人的财产？是命运和一个凶恶国王残忍的命令迫使我下了这样的决心。请你答应我们的要求，行行好，把金羊毛给我们吧！全希腊都将因此而赞颂你。我们随时准备报答你。如果邻近之处发生战争，你又想征服邻国人民，那么你可以把我们当作同盟者，我们愿意跟你一起出征。"

伊阿宋用这样的言辞安抚国王，而埃厄忒斯心中却拿不定主意，不知是当场杀掉他们好呢，还是应该先试探一下他们的力量好。思索片刻以后，他觉得还是后者更好，于是镇定地答道："外乡人，何必说这些心虚胆怯的话呀！如果真是神的子孙，或者出身不比我差，同时对别人的财产不感兴趣，你们就把金羊毛拿走吧。我愿意把一切赠给勇敢的好汉。但是，你们要先给我做出一个样子来：你们必须来做一做我平时从事的一种相当危险的劳动。在阿瑞斯的田野里有两头公牛。它们生有铁蹄，会往外喷火。我就是用这两头牛来犁生地的，地翻耕好了以后，我便往垄沟里撒种，但我撒的不是农业女神得墨忒耳给的金黄的谷粒，而是可怕的龙牙。以龙牙为种长出的是人，他们从四面八方把我包围起来，我就用长矛把他们一个个杀死。清晨我驾公牛犁地的，夜晚我收获后休息。如果你当天就完成这项工作，哦，首领啊，你当天就可以把金羊毛拿去，返回你的故乡。如果你不能，就拿不到金羊毛，因为没有勇敢者向无能者让步的道理！”

国王说话时，伊阿宋一直默默地坐在那里盘算，因为他不敢立即答应去做这可怕的事情。经过反复思考，他镇定自若地答道：“这工作虽然极为艰巨，但我愿意接受它的考验。哦，国王啊，即使我为此而牺牲，也在所不惜。等待一个凡人的，最坏的命运也就莫过于死。我听凭把我派遣到这里来的命运的安排。”

“那好，”国王说，“现在你就找你的同伴去吧。不过，你要考虑好啊。如果你不完成这一切，那就留给我自己干好了，你就悄悄地离开这里吧！”

阿耳戈斯的建议

伊阿宋和陪他来的两个英雄从座位上站起身来。佛里克索斯的儿子们中只有阿耳戈斯跟着他们走，因为阿耳戈斯已经示意他的弟兄们继续留在国王身边。伊阿宋看上去既英俊又高雅，少女美狄亚的目光透过面纱扫视着他，思绪犹如在梦中追随着他。当又一个人坐在闺房里时，她竟失声痛哭起来。然后，她自言自语：“我为什么要悲伤呢？那位英雄与我有什么相干？他是所有半神中最伟大的英雄也好，最无能的也罢，该死就让他死好了！不过，哦，但愿他能逃离毁灭，绝处逢生！令人敬畏的女神赫卡忒啊，让他返回家乡吧！假如他一定要被公牛击败，那么在此之前至少应该让他知道我很担心他！”

就在美狄亚如此忧思满怀的同时，英雄们正走在回船的路上。

阿耳戈斯对伊阿宋说："我有一个建议也许会受到你的痛斥，但我还是要对你说。我认识一个少女，她善于使用魔汤。如果我们能把她请来相助，我相信你一定会斗胜公牛。你要是愿意，我就去把她争取过来，助我们一臂之力。"

"如果你觉得这样做好，我的朋友，"伊阿宋应答道，"我不反对。不过，依靠女人取胜，然后返乡，我们面子上实在不光彩！"

说着，他们已经到了船上，回到同伴中。伊阿宋告诉大家，国王向他提出的要求和他向国王做出的承诺。好一阵子，同伴们都默不作声地坐在那里，你看看我，我看看你。最后，珀琉斯站起来说："好汉伊阿宋，如果你相信能实现自己的诺言，就请你做好准备吧。如果你没有十足的把握，就待在一边别管了，也不要在我们当中寻求合适的人选，因为我们除了死，还会期望别的结局吗？"

听到这话，忒拉蒙和另外四个英雄跳了起来，个个充满勇气和喜悦。阿耳戈斯却抚慰他们说："我认识一个姑娘，她善于使用魔汤。她就是我母亲的妹妹。让我去说服我母亲，求她把那个姑娘争取过来帮助我们。然后，才好讨论伊阿宋自告奋勇去进行的冒险。"

他话音刚落，天上就现出一个预兆：一只被大鹰追逐的鸽子，躲到了伊阿宋的怀里，那只紧追在后的猛禽则掉到了船尾的甲板上。这时，一个英雄想起年老的菲纽斯对大家说过的预言：女神阿佛洛狄忒将帮助他们返回故乡。几乎所有的英雄都赞成阿耳戈斯的建议，只有伊达斯不满地站起来说："天哪！难道我们到这里来是为了当女人的奴隶吗？不去求助阿瑞斯，却去请求阿佛洛狄忒。难道见到苍鹰和鸽子，一场恶斗就能避免吗？好！那就忘了战争，去欺骗柔弱的少女吧！"但伊阿宋决定采纳阿耳戈斯的建议。于是，英雄们把船泊在岸边，等待着派出去的使者归来。

与此同时，埃厄忒斯在王宫外召集科尔喀斯人开了一次大会。他向众人讲了外乡人的到来、他们的要求和自己为他们准备的陷阱。等公牛一杀死那个头领，他就命人砍掉一整片树林，放火烧毁那条船，烧死那些船员。对那几个引来灾祸的外孙，也要进行可怕的惩罚。

其间，阿耳戈斯正在请求他母亲说服他姨母出面帮助。他母亲卡尔喀俄珀本来就十分同情这些外乡人，但她当初不敢触怒父亲。现在儿子的请求正合她的心意，便立即答应支持他们。

美狄亚躺在床上烦躁不安地睡了一小觉，做了一个令人焦虑的梦。她梦见伊阿宋已经准备跟公牛搏斗。可是，他进行搏斗不是为了取走金羊毛，而是为了把她作为妻子带回故乡去。她梦见是自己在搏斗中制服了公牛。但她的父母不信守诺言，不给予伊阿宋应得的奖赏，说应该驾牛犁地的是伊阿宋，而不是她。为此，父亲和伊阿宋发生了激烈的争执，双方都推她做仲裁人。在梦中，她判外乡人胜。钻心的痛苦袭上父母的心，他们大声喊叫起来，美狄亚也就随着这一声喊叫醒来了。

正是这个梦促使她前往姐姐的房间。但到了前院，由于羞怯，她又犹豫了好长时间。她四次向前，又四次退回。最后，她还是回到了自己的房间，扑在床上哭了起来。一个可靠的小侍女发现她在哭泣，很同情主人，就把这情况告知了她的姐姐。卡尔喀俄珀急忙赶到美狄亚的房间，看到她正泪流满面，哭得很伤心。"你怎么了，可怜的妹妹？"她深表同情地问，"你心里有什么悲伤？难道是你突然生病了吗？还是因为父亲当着你的面痛斥了我和我的儿子？哦，我真想远离父母，到一个听不到科尔喀斯名字的地方去！"

美狄亚答应帮助阿耳戈英雄

听了姐姐的一连串问话，美狄亚不禁满面绯红，羞得答不出话。最后还是爱情给了她勇气。她狡猾地说："卡尔喀俄珀，我心里难过是为了你的几个儿子。我担心父亲把他们连同那些外乡人一起就地杀害。这是一个难解的梦预示给我的。但愿有一位神明能阻止父亲这么做。"

卡尔喀俄珀听了这话，感到十分恐惧。她说："我也正是为这件事到你这里来的，我恳求你帮助我反对我们的父亲，如果你拒绝了，我和我被杀害的儿子到了阴间也要像复仇女神一样缠着你不放！"说着，她用双手抱住美狄亚的膝盖，把头伏在她的怀里。两姐妹痛哭起来。随后美狄亚说："姐姐，你提复仇女神干什么？天地作证，我向你发誓，为了救你的几个儿子，只要我能做的，我都愿意去做。"

"那么，"姐姐进而说，"为救我的儿子，你就给这个外乡人一点魔药，让他在与公牛的搏斗中顺利过关吧！是他派阿耳戈斯找我，请求你援助他这个来此作客的朋友。"

听了这话，美狄亚高兴得心怦怦直跳，美丽的脸泛起了红晕。她突然说道："卡尔喀俄珀，如果我不把你和你孩子生死攸关的事看成最重要的事，就让我看不见明天的曙光。明天一大早，我就到赫卡忒神庙，为那个外乡人取那种能减弱公牛攻击力量的魔药。"卡尔喀俄珀离开妹妹的卧室，把这个可喜的消息带给了她的儿子们。

美狄亚躺在床上。整整一夜，她的内心都在同自己进行着激烈的斗争。"我的许诺是不是太多了？"她嘀咕着，"我有什么理由为这个外乡人做这些事？要想让我们的计策成功，我就非得单独去见他，和他接触不可吗？是的，我要救他一命，让他想去哪儿就去哪儿。但他搏斗胜利之时便是我死亡之日。一根绳索或一杯毒汁就可以使我摆脱这可憎的生命。可是这样能使我得救吗？恶毒的流言会在全科尔喀斯迫害我。他们会说我为一个外乡人殉情，辱没了我的家族。”在这样的思绪下，她取来一个装着致死药和活命药的小匣。她把小匣放在双膝上打开，想尝一尝致命的毒药。这时，她眼前浮现出生活中的一切烦恼和欢乐，浮现出所有女伴的面容，她觉得太阳比以前更美丽。于是，她心里产生了一种对死的不可抗拒的恐惧，便把小匣放在地上。伊阿宋的保护神赫拉改变了她的心绪。她等不及曙光来临，就去取她答应给伊阿宋的魔药，并带着魔药见她心爱的英雄去了。

伊阿宋和美狄亚

就在阿耳戈斯赶忙把这个可喜的消息带到船上的时候，美狄亚已经跳下床来，穿上一件漂亮的长袍，用弯曲的金针别紧，在光闪闪的头上罩了一方白色的面纱。此时，她将一切悲痛都忘得一干二净。她蹑手蹑脚穿过门厅，吩咐年轻的侍女套好前往赫卡忒神庙所乘坐的骡车。在为出行做准备时，美狄亚从小匣里拿出一种叫作普罗米修斯油的油膏。谁身上涂了这种油膏，谁当天就能刀枪不入，火烧不伤，并且一整天都有压倒敌人的力量。

骡车备好了，两个侍女跟随主人上了车。美狄亚亲自握缰扬鞭，在其余侍女的陪同下，驱车穿过城池。她走到哪里，哪里的民众就恭敬地给她让路。当她穿过广阔的田野来到神庙时，她对侍女们狡猾地撒谎说：“女友们，我大概是犯了一个大错——我没有远离那些来到我们国家的外乡人！现在我姐姐和外甥阿耳戈斯要求我接受他们首领的礼品，要知道，就是他答应了要制服公牛。我呢，则要把免受伤害的魔药送给他！我已经假装答应了他，并约他到神庙来单独见面。现在我要接受他的礼品，然后我们来平分。但我送给他本人的是一种致命的药，让他用了以后一命呜呼！他一来，你们就躲得远远的，免得他生疑，我已经许诺我一个人来见他。”

听了这个狡黠的计谋，侍女们都很高兴。她们躲到神庙里时，阿耳戈斯陪着他的朋友伊阿宋和预言家摩普索斯正好出发。美狄亚和侍女们待在神庙里，她的目光从来没有落在周围侍女的身上，而是充满渴望地越过庙门注视着外面的大道。每当听到一声脚步、一息微风的声音，她都禁不住焦渴地把头高高地抬起。伊阿宋终于带着他的陪同走进了神庙，美狄亚突然觉得心都要跳出来了。她感到眼前的世界变成了黑夜，热血涌上面颊，满脸通红。

这时，侍女们已经离开了她，伊阿宋和美狄亚彼此相对，默默地站了好长时间。伊阿宋首先打破了沉默："你身边只有我一个人，为什么怕我呀？我不像别的男人那样自负，就连在家里也从来都不自负。你想问什么，说什么，尽管开口！但别忘了我们现在在一个圣地，说谎是有罪的。因此不要甜言蜜语地欺骗我。我是一个恳求保护的人，我是来请求你给我那种药物的，就是你答应你姐姐要给我的那种药物。你想要我怎样感谢你，就请提出来吧。要知道，你的帮助将解除我同伴们的母亲和妻子的焦虑和悲伤，你的不朽英名将永远刻在全希腊人民的心中。"

美狄亚一直等他把话说完，然后垂下目光，甜甜一笑。她的心因被赞美而无限喜悦，她抬起头来，恨不得把涌到嘴边的话一股脑儿都说出来。但她一直没有开口，只是解开了那条束着小匣的香喷喷的带子。伊阿宋赶快高高兴兴地从她手中接过那个小匣。此时，她连整个心都愿意给他，爱神正把甜蜜的爱火向她心中吹去。二人都害羞地瞅着地面，然后他们四目相对，目光中充满着渴慕。过了好一阵子，美狄亚才开口说话。"听着，我告诉你将怎样去做。等我父亲把那些需要播种的使人遭灾的龙牙交给你以后，你就单独到河水里去沐浴，洗完后穿上黑色的袍子，在附近挖一个圆形的土坑。你要在坑里堆上干柴，杀一只母羊羔放在柴堆上，然后把怀里的蜂蜜洒在上面，以此向赫卡忒女神献祭，再离开那里。如果听到脚步声和狗叫声，你千万不要回头，否则献祭就不起作用了。第二天早上，你要用我刚才给你的这种魔膏涂抹身体。它会使你超级强壮，力大无比。你将感到不仅能与凡人，而且能与神明匹敌。你的剑、矛和盾也必须涂上油膏，这样，人类手中的铁器、神牛喷出的火焰都伤不了你，也无法抵抗你的进攻。不过，这个魔膏只能在当天有这样的魔力。尽管如此，你也绝不要退出战斗，我还有别的办法帮助你。等你驾驭巨牛犁了地，撒下的龙牙种子有了收获以后，你就往生长出来的人当中抛一块巨石。这时，从土里冒出来的那一伙狂躁的人就会群狗争食般地争夺那块石头。你可以趁这个机会冲到他们中间，把他们一个个砍倒杀死。然后，你就可以心安理得地从科尔喀斯拿走金羊毛，想去什么地方就去什么地方。”

她说到这里，心中想到这位高贵的英雄就要航海远去，泪珠便悄悄地从面颊上流下来。悲伤使她忘了身份，她竟抓着他的右手伤心地说：“你回家以后，不要忘了我的名字，我也会想着你。告诉我，你将乘坐这艘美丽的船返回的祖国在什么地方。”

听了她的话，伊阿宋十分感动。他说：“请相信我，尊贵的公主，如果我能活下来，无论白天还是黑夜，我每时每刻都不会忘记你。我的故乡是伊俄尔科斯，普罗米修斯的儿子丢卡利翁在那里建立了许多城市，修建了许多神庙。那里的人还不知道你们国家的名称。”

“外乡人啊，这么说你是住在希腊？”美狄亚应接说，“那里的人比我们这里的人好客得多，因此你不要向他们讲述你在我们这里受到过什么样的接待，只要暗暗想着我就行了。哪怕这里所有人都把你忘了，我也会想念你的。假如你忘了我，哦，但愿风能把一只鸟从伊俄尔喀斯送到这里来，我会通过它让你想起我是怎样帮助你从这里逃出去的！啊，我真想亲自到你家里提醒你记起我呀！”说着，她哭了。

“哦，善良的姑娘，”伊阿宋答道，“你说哪儿去了！如果你能来到希腊，来到我的故乡，你肯定会受到那里的女人和男人的尊崇，受到人们像对神一样的礼拜，因为是你的计谋使他们的儿子、兄弟、丈夫免遭杀害，愉快地回到故乡。而你是完全属于我的，除了死，任何人、任何事都破坏不了我们的爱情。”

听他这么一说，她高兴得神魂荡漾。可是，一想到要离开祖国，她又感到无比忧伤。尽管如此，还是有一种奇异的力量推动她向往希腊，因为赫拉已在她心里撒下这种渴望的种子。

伊阿宋满足埃厄忒斯的要求

伊阿宋高高兴兴地回到同伴们中间。美狄亚走向她的侍女们，轻捷地登上车，赶骡起步，骡便自动朝着回家的方向急奔。转瞬间，美狄亚回到了王宫。

这当儿，伊阿宋告诉他的同伴们，美狄亚刚刚交给他一种神奇的魔药，并拿出油膏来给大家看。所有的人都很高兴，只有伊达斯坐在旁边，气得直咬牙。第二天早上，伊阿宋派了两个人到埃厄忒斯那里去拿龙牙种。国王埃厄忒斯把当年卡德摩斯在忒拜杀死的那条龙的牙齿给了他们。把龙牙交给他们时，他很自信，因为他相信伊阿宋绝对不可能活到把龙牙种子撒到地里的那一刻。

就在这天夜里，伊阿宋按照美狄亚的吩咐沐浴，献祭赫卡忒女神。女神听到他的祈祷，从地下洞穴走出来，那样子十分吓人，周围全是丑恶的龙，龙嘴里都衔着直冒火焰的橡树枝。地底的狗也围着她狺狺狂吠，蜂拥而来。野草在她的脚步下不停地颤抖，法细斯河的女神们也吓得嗷嗷地嚎叫。伊阿宋往回走时，听到背后的嘈杂和犬吠，吓得毛发倒竖，但他一丝不苟地遵从着美狄亚的要求，决不回头，直到回到同伴们中间。这时，朝霞已在高加索的雪峰上辉映。

埃厄忒斯穿上他与巨人战斗时穿过的那副坚硬甲胄，戴上四羽的金盔，抓起四层皮革的重盾——除了他和赫剌克勒斯，再也没有别的英雄能够举起它。他上了车，抖动缰绳，车疾驰出城，后面跟着数不清的民众。伊阿宋按照美狄亚的指导用魔油涂抹了他的剑、矛和盾。同伴们围着他，都要用自己的武器跟它的矛较量，但他的矛毫无损伤，他们的武器甚至不能使他的矛稍有弯曲。那支矛拿在他坚实的手中就像变成了石头一般。见到这个情景，伊达斯很不悦，他举起剑来猛地向矛柄砍去，但他的剑就像铁锤落在铁砧上一样被挡回。英雄们看到可喜的胜利前景，都热烈地欢呼起来。

现在，伊阿宋用油膏涂抹了身体。他立时感到四肢增添了奇异的力量，双手脉络胀起，更加有力。他渴望投入战斗，像一匹临阵前的战马，精神振奋，竖耳扬头，马蹄踏地，放声嘶鸣。伊阿宋做好了战斗的准备。他伸展了一下身体，高抬起腿，手中举着长矛，挥舞着盾牌。英雄们随同他们的首领来到阿瑞斯田野，遇到了国王埃厄忒斯和一大群科尔喀斯人。

船一到，伊阿宋就手持矛和盾跳到岸上，立刻收到一顶装满尖锐

龙齿的金光闪闪的战盔。随后，他用一根带子把剑背在肩上，大步走上前，像阿瑞斯或阿波罗一样威武庄严。他在田野上环顾四周，很快就看见了驾牛的金属轭放在地上，旁边有犁和铧，这一切器具都是铁制的。他仔细看了看这些农具，把枪头固定在他坚硬的矛柄上，又把战盔放在地上。然后，他带着盾往前走，寻找公牛的足印。这些被关在地洞里的牛突然钻出来，从另一侧向他猛冲。伊阿宋的朋友们见到这些怪物无不吓得失魂落魄，伊阿宋却叉开双腿，岿然不动。他持着盾牌，等待它们进攻，就像海边的岩石等待海浪冲击一样。公牛真的晃着犄角向他冲来，但它们没能使他后退半步。就像在冶炼厂里风箱扇起熊熊的火焰，它们反复地咆哮，喷着火焰向前冲击，炽热的火光像耀眼的闪电射向这位英雄，但少女的魔药保护了伊阿宋。

最后，他终于从左侧抓住一头公牛的角，使出全身气力把它拖到放轭的地方。到了这里，他把它踢倒，让它跪在地上。他又用同样的方法制服了第二头牛。牛飞快地冲向他，他只一击就把牛打倒在地。然后，他甩开那宽大的盾牌，在火舌的舔击下用双手死死按住被摔倒的牛，连埃厄忒斯也禁不住惊叹伊阿宋的神力。

这时，卡斯托耳和波吕丢刻斯按照事先的安排，把放在地上的轭递给了伊阿宋，他连忙把它套在牛脖子上。然后，他抬起犁套，把它扣在轭的铁环里。那时，孪生兄弟赶快跳离火焰，因为他们不像伊阿宋那样不怕火烧。伊阿宋则拿起盾，抓起装满龙齿的战盔，持矛赶着这些暴怒而又喷射火焰的公牛拉着铁犁往前走。由于拉犁的牛和扶犁者全都具有神力，土地犁得很深，巨大的土块在犁沟里被犁得粉碎。他迈着坚定的步伐跟在后面，把龙齿撒在垄沟里，同时小心地往后头顾盼，看这些龙齿是否已经长成巨人来追击他。公牛迈着铁蹄向前犁地。

尽管整片土地足有四亩，但到了下午，土地已经全被不知疲倦的耕种者犁完了。他把犁从公牛上卸下来，用武器朝牛一发狠，它们就越过开阔的田野逃跑了。他见垄沟里一直没有长出巨人，便回到船上去了。

同伴们围着他欢呼，伊阿宋却什么也没有说，只是用战盔盛满河水咕嘟咕嘟地喝下去以解火烧火燎的焦渴。他活动了一下膝关节，心中充满再战的渴求，正如一头狂怒的野猪冲着猎人磨牙。这时，整片田野都长出了巨人；整个阿瑞斯丛林里到处都是盾牌和长矛，战盔闪闪发光，闪烁的光辉直达天穹。伊阿宋想起足智多谋的美狄亚的话，他轻而易举地搬起一块四个壮汉也抬不起来的巨大圆石，把它远远地抛到那些从地里生长出来的武士们中间。他自己则勇敢而小心翼翼地藏在盾牌后边。科尔喀斯人大声呼叫，连埃厄忒斯也无比惊讶地看着伊阿宋把巨石抛掷出去。那些土里生出来的人突然像猛犬一样撕咬起来，怒吼着相互残杀。在相互拼杀的长矛下，他们像被旋风连根拔起的枞树或橡树一样，倒在地上。当他们仍在酣战时，伊阿宋拔出宝剑，跳进去左砍右刺，把还立在那里的砍倒，把刚长到肩高的像割草一样削平，其他的则砍掉头颅。垄沟里血流成河，负伤者逃往四面八方。许多人一脸是血，刚刚从地里冒出来，就又深深地沉到土里去了。

国王埃厄忒斯不禁震怒。他一句话也没说，转身回城，心里只想着怎样才能更有把握制服伊阿宋。

美狄亚夺得金羊毛

国王埃厄忒斯连夜把民间的长老召集到王宫里商讨怎样智胜阿耳戈英雄们，因为他已确切地知道，白天发生的一切，如果没有他女儿的协助，是不可能发生的。伊阿宋处境十分危险，美狄亚心中充满恐惧，像一只在密林中听到猎犬狂吠的小鹿一样在发抖。美狄亚已预感到对伊阿宋的帮助已被父亲发觉，泪水夺眶而出。如果没有命运女神的阻拦，她就会用服毒自杀的办法结束痛苦。转瞬间，她振作起来，决心逃走，于是铺好卧榻，亲吻门柱以示告别，用双手再次抚摩了一下卧室的墙壁，然后剪下一绺头发放在床上，给母亲留作纪念。

“别了，亲爱的母亲。”她泪汪汪地说，“别了，卡尔喀俄珀姐姐和宫里所有的人！哦，外乡人啊，你真不如在来到科尔喀斯之前就淹死在大海里呢！”

随后，她离开了家，像一名逃离牢房的囚犯。

她默默地念起咒语，宫廷的大门自动敞开。她光着脚奔跑，穿过侧面的窄路，不一会儿就到了城外，连守卫都没有认出她来。然后她一下子就走上了通往神庙的人行小道，因为她时常采集草药调制魔药和毒汁，所以对田野里的道路了如指掌。月亮女神塞勒涅看见她急急地奔走，便自言自语道：“原来受到爱情煎熬的不只我一人啊！你常常用你的魔法把我驱逐出天庭；现在你自己也在为伊阿宋忍受巨大的痛苦啊！好了，那就走着瞧吧，尽管你诡计多端，但休想逃脱这痛苦的折磨！”塞勒涅这么对自己说着，而美狄亚却匆匆跑过去。

到了岸边，她高声呼叫她姐姐的小儿子佛戎提斯。佛戎提斯和伊阿宋都听出了她的声音。她喊了三声，他们也回应了她三声。英雄们听到这一喊一答，一开始很惊讶，接着就划船去迎她。船到岸边还没有停泊，伊阿宋就从甲板一跃踏至岸上，佛戎提斯和阿耳戈斯也跟着跳上了岸。

“救救我吧，”美狄亚抱住她外甥的腿喊道：“让我和你们赶快从我父亲手中逃命吧！一切都败露了！趁他还没跨上快马追来前，我们赶快乘船逃走吧！我会给那条龙催眠，然后你们就可以把金羊毛拿到手。但是你，哦，外乡人啊，你要当着你同伴们的面对神发誓，到了异乡你也不会欺负我这个孤女！”

她说得这么悲伤，伊阿宋心里却感到无比喜悦。他温柔地扶起她，拥抱着她说：“亲爱的，宙斯和婚姻的保护神赫拉作证，回到希腊以后我一定让你成为我的合法妻子，把你带到我家里去！”他一边发誓，一边把他的手放在她的手里。

现在，美狄亚吩咐众英雄连夜把船划到圣林去取走金羊毛。英雄们摇船疾驶，船到后，伊阿宋和美狄亚从草地上的小道奔向圣林。他们在那里找到了那棵高悬着金羊毛的高大橡树。金羊毛透过夜色闪闪发光，就像朝阳照耀下的一片朝霞。对面，不眠的龙瞪着锐利的眼睛，伸着长脖子，望向步步走近的人，同时发出可怕的嘶嘶声，连河边和森林都传来阵阵的回响。像火焰越过点燃的树林冲过来一样，这个怪兽鳞甲闪烁，向前蜿蜒爬行。美狄亚勇敢地迎上前，用甜美的声音祈求众神中最强大的睡眠神使怪兽入睡，又吁请冥府的神后为她降福。伊阿宋不无恐惧地跟在她身后。美狄亚神奇的歌唱已使毒龙迷迷糊糊地有了睡意。那毒龙弓起的背落下，蜷曲的身躯伸展开来；只有那令人恐怖的头还直立着，张着大口想吞掉他俩。这时，美狄亚一边念着咒语，一边用一条杜松的枝条蘸着魔液向龙的眼睛洒去，魔液的芳香迷得毒龙酣睡起来。现在，它的血盆大口闭上了，整个身躯伸展在长林中。

伊阿宋按照美狄亚的吩咐从橡树上摘下金羊毛，而美狄亚则继续往毒龙的头上喷魔油。然后，二人匆匆离开荫蔽的圣林。伊阿宋愉快地捧着金羊毛，那金羊毛的反光把他的前额和金发照得金光闪闪，也照亮了他远去的夜路。

天刚放亮，他们就来到了船上，同伴们把他们的首领团团围住，咂舌赞叹那如闪电一样放光的金羊毛。伊阿宋对他的朋友们说："现在，我亲爱的弟兄们，让我们赶快返回祖国吧。在这位姑娘的帮助下，我们完成了这次远航的任务。为了报答她，我要把她当作我的合法妻子带回家去。但是，你们要帮助我保护这位全希腊的恩人。我相信，埃厄忒斯很快就会带着他的全体民众到这里来，阻止我们的船驶出这条河的河口。因此，我们中间要有一半人摇桨，另一半人手持牛皮盾牌迎击敌人。现在，能否返回家乡和全希腊的荣辱都掌握在我们手中。"

阿耳戈英雄们和美狄亚一起逃跑

与此同时，埃厄忒斯和全体科尔喀斯人都知道了美狄亚的恋情、行为和逃跑的原因。他们全副武装，到市场上集合起来，然后一路下坡向河岸进发。他们来到河口时，阿耳戈英雄们的船由于有不知疲倦的水手奋力摇桨，已经远远地行驶在了高高的海面上。埃厄忒斯举起双手，吁请宙斯和太阳神证明敌方的恶行，怒气冲冲地向他的臣民宣布：如果他们不从海上或陆上把他的女儿捉来见他，使她得到严惩，他们全都要被砍头。吓破了胆的科尔喀斯人当天就把他们的船推到海里，扬帆出海了。

顺风鼓满了阿耳戈英雄的船帆，第三天曙光初照时，他们就把船停泊在哈吕斯河岸边。在这里，他们按照美狄亚的要求向拯救了他们的女神赫卡忒举行了献祭。这时，他们的首领和其他英雄突然想起了老预言家菲纽斯的建议：返程时要选择一条新路。但没有一个人熟悉这个地区。阿耳戈斯让大家驶向依斯忒耳河。忽然，在他们前进方向的上空，出现了一道宽宽的彩虹。

科尔喀斯人一直没有停止追击，他们的船轻，行驶得比阿耳戈船快，所以先到了依斯忒耳河口，他们在这里埋伏起来，也就堵住了阿耳戈英雄们入海的出路。阿耳戈英雄们有些害怕人数众多的科尔喀斯人，他们上岸占领了河中的一个岛。科尔喀斯人紧追不舍，一次遭遇战即将发生。这时，被困的希腊人提出进行谈判。双方谈妥：希腊人可以带走国王埃厄忒斯许诺过伊阿宋挑战完成后应得的金羊毛，但国王的女儿美狄亚要被带到另一个岛上的阿耳忒弥斯神庙里去，然后让一位公正的邻国国王以公断人的身份判定她是应该回到父亲家中，还是跟随英雄们到希腊去。

美狄亚听到这样的条件，心中充满痛苦和忧虑。她立刻把情人拉到角落，含着眼泪说："伊阿宋，你打算怎样决定我的命运？你在紧要关头曾对天向我盟誓，保证我永远幸福，难道这一切你都忘到九霄云外了吗？我实在太轻率，竟然抱着对你的希望，抛弃了我最宝贵的一切，离开了我的祖国、我的家和我的双亲！为了救你，我才跟你漂泊在海上，是痴情的我帮你夺到了金羊毛。为了你我不顾少女的名誉，作为你的情人，你的妻子，随你到希腊去。因此，你应该保护我，不要把我一个人留在这里，不要把我交给别的国王去审判！如果那个公断人把我判给我的父亲，我可就要命归黄泉了。这样，你回去还有什么快乐可言呢？宙斯的妻子，你自豪地奉为保护神的赫拉，她怎么能赞成你的这种行径呢？甚至可以说，假使你抛弃了我，总有一天你会十分痛苦，时时想念我。金羊毛也会像一场梦一样消失，落在冥王哈得斯手中！那时我复仇的灵魂将把你赶出你的祖国，就像我被你诱骗离开我的祖国一样！”

她说话时，情绪异常狂躁，简直像是有心向船上放一把火，烧毁一切，自己也干脆跳进火海。

见到美狄亚这样一副表情，伊阿宋开始犹豫不决。他受到了良心的谴责，温和地说：“我善良的姑娘，请你镇静，我根本没把那个协议当一回事！现在，大批的敌人像乌云压顶一样把我们包围了，因此这只是一个缓兵之计。这里的民众都是科尔喀斯人的朋友，他们都愿意帮助你的兄弟阿普绪耳托斯抓住你，把你带到你父亲那里去。如果我们现在开战，大家都将悲惨地送命；如果我们死了，让你成了敌人的俘虏，你的处境将更加绝望。确切地说，这个协议只不过是一个计策，一个使你的兄弟阿普绪耳托斯走向毁灭的诡计。一旦首领死了，邻国的朋友就不会再对科尔喀斯人施以援助。”

他这样好言相劝，美狄亚听完即刻献上一条狠毒的建议：“你听我说，我已经触犯了一次成规，受厄运的蒙蔽铸成大错。我没有退路，我只能在罪恶的泥潭里往前走。如果你在交战中击退了科尔喀斯人，我愿意设计把我兄弟骗来，让他落在你的手里。你设一桌豪华的宴席来招待他。我可以劝说使者们离开，说我要跟他单独谈话，这时你就可以把他杀死，然后打败科尔喀斯人。”

他们就这样设计了杀害阿普绪耳托斯的阴谋。他们送给阿普绪

耳托斯许多礼物，其中包括一件楞诺斯女王给伊阿宋的华丽紫袍。狡猾的少女告诉使者们：让阿普绪耳托斯夜深人静时到另一个岛上的阿耳忒弥斯神庙里来；她将设计让他重新得到金羊毛，然后把它带回去献给父亲埃厄忒斯。至于她，她谎称是被佛里克索斯的儿子们抓走并交给外乡人的。事情的进展完全如她所愿，阿普绪耳托斯被这些庄严的许诺所骗，黑夜乘船前往圣岛与姐姐会面。兄妹二人正在谈话，伊阿宋突然从埋伏处冲了出来，手中握着明晃晃的宝剑。美狄亚转过脸去，同时蒙上了面纱，不忍看到兄弟被杀的惨相，伊阿宋像宰杀一只献祭的羔羊一样，手起剑落，把美狄亚的兄弟砍倒在地。只有复仇女神在隐蔽处用阴险的目光看到了这里发生的恶行。

伊阿宋洗去手上和脸上的血，把尸体埋葬以后，美狄亚已经用火把向阿耳戈英雄们发出了事先定好的信号。英雄们立即冲向阿普绪耳托斯的随从，科尔喀斯人没有一个生还。伊阿宋想援助他的同伴，不过已经没有必要了，胜利已成定局。

阿耳戈英雄的返航

剩下的科尔喀斯人还没有醒过神来，英雄们已经按照珀琉斯的建议急速远去。当科尔喀斯人得知发生的一切时，他们还想追击敌人，但赫拉从天上发出闪电警告，他们这才被吓住。不过，他们知道，如果不把国王的儿子和女儿带回去，国王肯定会震怒并严惩他们，所以他们就留在依斯忒耳河口的阿尔忒弥斯岛上定居了。

阿耳戈英雄们乘船经过许多海岸和岛屿，也经过了阿特拉斯的女儿卡吕普索斯居住的岛屿。就在他们相信已经看见了远方正在升起的故乡的最高峰时，赫拉煽动起了一场暴风雨阻挡他们，于是船被狂风刮到了荒无人烟的埃莱克特律斯岛。现在，雅典娜安装在船龙骨中间的那块能宣示预言的木板开始说话了，他们仔细听了以后，无不大惊失色。“你们逃不脱宙斯的愤怒，也躲不开海上漂泊的命运，”那块空心的木板说，“除非女巫师喀耳刻禳解你们残忍地杀害阿普绪耳托斯的罪孽。要让卡斯托尔和波吕丢刻斯向神明祈祷，请求诸神为你们在海上开辟出一条小通道，指引你们找到太阳神和珀耳塞所生的女儿喀耳刻。”这就是阿耳戈船上的那块木板黄昏时说的话。

英雄们听到这个奇异的预言宣示的可怕命运，无不胆战心惊。只有那对孪生兄弟卡斯托耳和波吕丢刻斯站起身来，勇敢地祈求天上诸神的保护。但是，船继续漂泊，冲进了伊里丹纳斯的内海湾，那里是法厄同被太阳车烧死坠海的地方。就是现在，他被烧灼的伤口仍然从河底喷出火焰和烟雾，没有一条船能轻易越过这片水域，因为它会被卷入火焰里去。法厄同的几个姐妹，赫利俄斯的女儿们，已变成沿岸的白杨。它们在风中叹息，晶莹的琥珀泪珠落在地上，然后太阳把泪珠晒干，潮水把泪珠冲到伊里丹纳斯河里去。

坚实的大船帮助阿耳戈英雄们脱离了这次危险，但他们失去了对一切饮食的欲望，因为白天有法厄同烧焦的尸体的恶臭从伊

里丹纳斯河涌上来折磨着他们，夜间有赫利俄斯的女儿们的悲叹和像油滴似的琥珀泪珠滚落，困扰着他们。赫拉发出温和的声音，提醒他们，给他们指明正确的道路，并放出黑雾罩住船，把船保护起来。就这样，他们航行了许多日夜，经过刻尔提克家族的许多地方，直到终于看见提瑞尼亚海岸，紧接着就顺利地进入了喀耳刻居住的岛屿。

在这里，他们找到了那位女巫师，她正站在海滨的海浪里洗头。她曾梦见自己的卧室和房子里血流成河，火焰吞噬了她用来麻醉外乡人的一切魔药，她则用手掬血把火浇灭。正当黎明时分，噩梦把她惊醒，她立刻下床跑到海边去冲洗她的衣裙和头发，好像真的沾上了血污似的。成群的巨大猛兽跟随在她后面，就像牛群出棚跟在牧人后面一样，但这些猛兽和一般家畜不同，它们的头和身是一类动物的，四肢却是另一类动物的。英雄们不禁心生恐惧，因为他们只要看一眼喀耳刻的脸，便可认出她正是残暴的埃厄忒斯的妹妹。这位女神很快就转身回来，像对待家犬那样招呼和抚摩这些怪兽。

伊阿宋命令全体船员留在船上，只有他本人带着美狄亚跳到了岸上。一上岸，他就拉着这位不情愿的姑娘朝喀耳刻的宫殿奔去。喀耳刻不知道这些陌生人到她这里来做什么。她请他们坐在漂亮的软椅上，他们却默默悲伤地坐在火炉旁边。伊阿宋把杀死阿普绪耳托斯的宝剑插在地上，双手按住剑柄，把下巴抵在手背上，不再睁开眼睛。喀耳刻这时才知道他们原来是祈求保护的人，立刻明白他们被逐和一桩谋杀的罪恶有关。于是，她宰杀了一只刚生下来的母狗，把它作为牺牲献祭给宙斯——这些祈求者的保护神，然后请求宙斯允许她为他们净罪。她吩咐侍从，那些水中的女神，把赎罪用具带到海边来。她自己则站在那灶旁，焚烧圣饼，郑重地祈求复仇女神息怒，请求天父宽恕这些手上沾有谋杀血污的人。

这一切做完以后，她就让外乡人坐下，她坐在他们对面。她询问他们的职业和航行的情况，问他们从哪儿来，为什么在这里登陆，为什么要请求她的保护，因为这时她又想起了那个血腥的噩梦。当少女抬起头来注视她的脸时，少女的眼睛引起了她的注意：因为美狄亚和喀耳刻一样都是太阳神的后代，所有太阳神的后裔都有一双闪耀金光的眼睛。她要求这位逃亡的少女用母语说话，于是少女便用科尔喀斯的方言如实地讲述了埃厄忒斯和阿耳戈英雄们之间发生的不快，只是不肯承认谋杀兄弟阿布绪耳托斯的这一段。但是，什么也隐瞒不了女巫师喀耳刻。她说："可怜的孩子，你众叛亲离、离家出走，又犯了一桩大罪。你父亲肯定会追到希腊去，为他被谋杀的儿子报仇。不过你在我这里不会再遭受灾难，因为你是祈求保护的人，又是我侄女。只是你不能从我这里得到任何帮助。你赶快带着这个外乡人走吧，不管是谁，我都不能管了。我既不赞成你的那些计谋，也不赞成你不光彩的逃跑！"听到这样的话，美狄亚十分痛苦。她蒙上面纱，伤心地哭起来，直到伊阿宋抓起她的手，她才踉踉跄跄地跟着走出了宫殿。

然而，赫拉很同情这个被保护的人。她打发女使者伊里斯踩着七色彩虹的道路去把大海女神忒提斯召来，让她保护阿耳戈英雄们。伊阿宋和美狄亚一跳上甲板，就刮起了和风，英雄们高高兴兴地起锚张帆。不久，他们就靠近了一个百花盛开的小岛，这是骗人的女妖的住地，这些女妖惯以美妙的歌声诱骗过路者，然后让他们死在这里。她们都是半鸟人，总是坐在那里等候猎物。经过这里的外乡人没有一个可以幸免于难。现在，她们正在冲着阿耳戈英雄们唱美丽动听的歌。他们听得入迷，正准备抛锚上岸。就在这时，特剌刻的歌手俄耳浦斯从座位上站起来，弹奏起他的七弦神琴，以最强的声音压倒了那些鬼怪少女的歌声。同时，一股嗖嗖响的神赐之风从船尾吹来，使得女妖的歌声全部消失在空中。同伴中只有部忒斯一人经受不住女妖歌声的诱惑，弃桨跳到海里，朝着那诱人的歌声游去。要不是阿佛洛狄忒看见，他早就没入海底了。她从旋涡中把他拽出来，抛在该岛的一个海岬上。从此，他就生活在这个岛上。

科尔喀斯人继续追击

在阿耳戈英雄们又躲过了一些危险之后，他们继续在大海上航行，来到了一个岛屿。这里住着善良的淮阿喀亚人和他们贤明的国王阿尔喀诺俄斯。英雄们在这里得到了友好热情的接待。他们正想好好休息一下，科尔喀斯人的舰队突然出现在海滨，敌方是从另一条海路追到这里来的。他们要求阿耳戈英雄们把美狄亚交给他们带回家乡，并威胁希腊英雄们：如果等到埃厄忒斯亲自率领一支更强的部队追来，势必会血战一场，后果将会更糟。当英雄们准备迎战时，善良的国王阿尔喀诺俄斯阻止了他们，而美狄亚则抱着国王的妻子阿瑞忒的双腿。“王后，我请求你，”她说，“别让他们把我带到我父亲那里去！我跟这个人逃跑不是出于轻率，而是因为实在太怕我的父亲。他带走我，是把一个少女带回他的家里去啊！请你怜悯我吧，诸神将赐你长寿，让你多子多孙，保佑你的城池获得不朽的英名。”

少女又跪在每一个英雄的脚下求救。每个人都鼓励她振作起来，他们挥动长矛，拔出宝剑，保证一定会帮助她。

夜里，国王和他的妻子商量怎样解决这个科尔喀斯少女的难题。阿瑞忒请求帮助这个少女，她告诉国王，伟大的英雄伊阿宋打算要美狄亚做他合法的妻子。阿尔喀诺俄斯本来就是心慈面善的人，听妻子这么一说，心变得更软了。“为了这些英雄和美狄亚，”他对妻子说，“我愿意刀枪相见，把科尔喀斯人赶走，但我们这样做会破坏宙斯的待客法律。再说，去惹恼强大的国王埃厄忒斯也不明智，因为即使他住得很远，他也有能力把一场战争强加给希腊。因此，你听着，我的决定是如果这个姑娘还是处女，就应该把她还给她父亲；如果她已经成了那青年的妻子，我也不会把她从丈夫身边夺走，因为这时她已经属于这个青年，不再属于她父亲。”

阿瑞忒听到国王做出这样的决定，非常惊慌。当夜，她就派了一名使者到伊阿宋那里报告这一切，并劝他在天亮以前和美狄亚完婚。阿耳戈英雄们听到这个意想不到的建议，都很高兴。于是，在一个山洞里，俄耳甫斯奏起音乐，美狄亚便庄严地成为了伊阿宋的妻子。

第二天早上，全副武装的科尔喀斯人已经站在岛屿的另一端。国王阿尔喀诺俄斯遵照诺言走出宫殿，手持黄金的王杖宣布对这个姑娘的判决。他身后是成群养尊处优的贵族。女人们也都聚拢来围观希腊的著名英雄，许多村民也聚集到这里，因为赫拉已把这个消息广为传布。一切都在城墙前边准备好，献祭的烟气一直升到天穹。英雄们等待决断的时刻到了。国王在他的宝座上就座以后，伊阿宋立刻走上前去，以发誓的语气宣布埃厄忒斯国王的女儿已经成为他的合法妻子。阿尔喀诺俄斯听完伊阿宋的声明，又见了见几个婚礼时在场的证人，便以庄严的誓言判决道：不能交出美狄亚，而要把她作为客人保护起来。科尔喀斯人表示反对也毫无用处。国王宣称：要么他们作为和平的客人留居此地，要么乘船离开他的港口。科尔喀斯害

怕没把国王的女儿带回去会引起埃厄忒斯的暴怒，于是便选择了第一个方案。第七天，阿耳戈英雄们赠给了主人很多礼品，依依不舍地与国王阿尔喀诺俄斯告别，就又起程。他们顺利地经历了几次冒险，驶进了他们的家乡伊俄尔科斯的港湾。

伊阿宋的结局

尽管伊阿宋经历了许多危险四伏的航行，把美狄亚从她父亲那里夺到手，卑鄙无耻地杀害了她的兄弟阿普绪耳托斯，伊阿宋也没得到伊俄尔科斯的王位。他不得不把王国让给珀利阿斯的儿子阿卡斯托斯，他本人则与年轻的妻子逃到科林斯去了。在这里，他和美狄亚居住了十年，美狄亚为他生了三个儿子。前两个是孪生子，取名忒萨罗斯和阿尔喀墨涅斯；第三个儿子提珊得耳比两个哥哥要小得多。在这些年里，伊阿宋爱她，尊敬她，不仅仅是因为她的美貌，还因为她拥有许多其他优点。

后来，伊阿宋为科林斯国王克瑞翁的女儿格劳刻的美色所动，迷恋上了这个年轻的少女。他背着妻子美狄亚向这个少女求婚。在得到克瑞翁的同意后，直到婚期已定，他才找到妻子劝她自动解除婚约。他向美狄亚发誓说，他想缔结这门新的婚姻并不是因为厌倦她，而是为孩子着想，才力求与高贵的王室攀亲。

他的要求激起了美狄亚极大的愤慨。她愤怒地呼唤神明为他以前的誓言作证。伊阿宋对此不予理睬，仍然决意要娶国王的女儿为妻。美狄亚在她丈夫的宫殿里绝望地四处游走。“我的命好苦啊！”

她高声说，“但愿天火降到我头上，把我烧死！我活下去还有什么意义呢？愿死神能可怜我！哦，父亲啊！哦，我可耻地逃离的故城啊！哦，我所杀害的兄弟啊，现在你的血正流在我的身上！但是，惩罚我的不应是我的丈夫，我是为了他才犯了罪呀！正义的女神啊，请你把他和他年轻的恶毒女人毁灭吧！”

她正这样悲叹地徘徊时，伊阿宋的新岳父克瑞翁在宫殿里遇到了她。“你的目光里充满了敌意，”他招呼她说，“立刻带着你的孩子离开我的国家吧！不把你赶出我的国家，我是不会回宫的。”美狄亚强压着愤怒，语气镇静地说：“克瑞翁，我跟你有什么仇怨，你干吗做出这种对我不利的事？你把你的女儿许给了你喜爱的人，许给了我的丈夫，这跟我有什么相干？我只恨我的丈夫，他在我面前是有罪的。不过，木已成舟，就让你的女儿与他成为夫妻生活下去吧。还是让我住在这个国家吧，我虽然受到了很大的伤害，但我还是愿意保持沉默，屈从于权势者。”

尽管美狄亚抱着他的双膝，以她怀恨在心的克瑞翁的女儿格劳刻的名义向他发誓，但克瑞翁见她眼里闪动着暴怒的光，仍然不相信美狄亚。“走吧，”他回答说，“让我减少点烦恼吧！”于是，她只得请求暂缓一天离境，好让她找一条逃亡的路，为她的儿子们选择一个避难地。“我不是一个狠心的人。”国王说，“过去，由于畏缩不前，我做了不少愚蠢的让步。现在，我也觉得自己做得并不聪明。那就照你说的办吧，小女子！”

美狄亚获准了她所企盼的延期放逐，她的心变得更加狂暴。于是，她着手实施她的毒计，尽管这个毒计在她头脑里还很模糊，而且她也不确信有实现的可能。但她还是想试探一下，看丈夫能不能承认自己的不义和罪恶。她来到他面前，对他说："哦，你这个最坏的男人，我为你生了孩子，你还是背叛了我，要娶新人。如果我们没有孩子，我也许会原谅你，你倒还算有借口再娶。但现在你是不可饶恕的。我不知道你是不是以为当初你发誓忠于我时，那些统治世界的神不再管事了，还是人类有了新的行动准则，允许你破坏自己誓言？我现在想把你当作我的朋友来问你，你打算让我到哪里去？为了爱你，我背叛了父亲，还谋杀了他的儿子，难道你要把我送回我父亲的家里去吗？或者你为我找到了别的可以安身的地方？是啊，你的前妻带着你的儿子在世上漂泊乞讨，你跟你的新人才是真的光彩呢！"

伊阿宋已经变得心如铁石。他答应给她和孩子们相当多的黄金，让她带着他写给朋友们的信去请求收容。但她不屑地拒绝了这一切。"走吧，去结你的婚吧！"她说，"你将举行一场使你痛苦不堪的婚礼！"

她离开丈夫以后，又有些后悔，觉得不该说出最后那句话。不过，这并不是因为她改变了想法，而是因为她担心他会注意到她的行动而阻挠她罪恶计划的实施。因此她再次找他交谈，以完全不同于之前的态度对他说："伊阿宋啊，请你原谅我刚才所说的话吧！是盲目的愤怒使我做了错事。我现在看清楚了，你所做的一切确实会给我们带来最大的好处。我们是在穷困潦倒中流落到这里来的，你是想通过新的婚姻庇护你自己，照料你的孩子们，也照料我。一旦我们的孩子远离你一段时间，你就会召回他们，让他们一起分享其他兄弟的幸福。过来，过来，孩子们，拥抱你们的父亲吧，像我一样跟他和解吧！”

伊阿宋果真相信美狄亚不再怨恨他了，心里非常高兴。他答应给她和孩子们最好的照顾。美狄亚则尽量让他更相信自己。她请求把孩子留在他身边，让她一个人离去。为了能够得到他的新妻子和新岳父的准许，她吩咐下人从储藏室里取出几件珍贵的金袍，让伊阿宋送给国王的女儿作为新婚礼物。考虑了好一阵子，伊阿宋才默许，随即派一个侍从把这些赠品送到新娘那里。但这些珍贵的衣服都是用毒汁浸泡过的。美狄亚假惺惺地跟丈夫告别以后，便时时等待着一个可靠的传话人为她带来公主接受礼品的消息。

传话人终于回来了，他朝美狄亚喊道：“赶快上船逃走吧，美狄亚！你的情敌和她的父亲都死了。你的儿子们随着他们的父亲走进新娘的屋里时，我们所有的仆人都很高兴，因为仇恨将一笔勾销，恩怨将完全和解。年轻的公主两眼含笑欣喜地迎接你的丈夫。但当她看见孩子们，便用面纱遮住眼睛，转过脸去，以示厌恶。伊阿宋竭力平息她的愤怒，为你说好话，同时在她面前摊开你的礼物。她一看见这些华丽的长袍，就被它们夺目的光彩所吸引，心情大好，便同意了新郎的要求。你丈夫带着儿子们离开以后，她急不可待地抓起礼物，披上金袍，把金花冠戴在头上，在明亮的镜子前面满意地欣赏自己。然后，她慢步穿过各个房间，高兴得像一个穿上新装的天真烂漫的小姑娘。但不一会儿，这一幕剧情就起了变化。她的脸突然变了颜色，四肢颤抖，摇摇晃晃地往后倒退，还没来得及走到座位，就倒在地上。她脸色煞白，两眼直往上翻，口吐白沫，于是宫殿里发出一片哭叫声。几个仆人赶忙去找她的父亲，另外几个仆人跑去找她未来的丈夫。这当儿，她头上那顶有魔力的花冠燃烧起来，直喷火焰，毒药和火焰吞噬着她的皮肉。她父亲哀号着跑过来时，只看见女儿变了形的尸体。他绝望地扑在她身上，那件致人死命的长袍上的毒汁立刻浸入他的身体，他也很快死了。至于伊阿宋的情况我还不知道。”

关于这个恐怖事件的叙述非但没有使美狄亚息怒，反而更加燃烧起她的怒火。而后，她健步如飞地跑去准备给丈夫也给自己致命的一击。夜色降临时，她匆匆奔向儿子们睡觉的房间。“我的心啊，你应该武装起来。”半路上她对自己说，“在做这件可怕但又必须去做的事情时，你为什么犹豫不决呢？不幸的人呀，忘记他们是你的孩子吧，忘记是你生了他们吧！在这一刻，你要忘记这一切。以后，你再用一生悲悼他们！你现在要做的是为了他们好啊。即使你不杀了他们，他们也要死在敌人手里。”

当伊阿宋赶来，寻找杀死他年轻未婚妻的女凶手，准备

复仇时，竟听到他孩子们的惨叫。他走进敞开屋门的房间，发现儿子们都躺在地上死去，但没有看见美狄亚。他绝望地离开屋子，听到头顶的空中发出隆隆的响声。抬头望去，他看见那个可怕的女凶手正坐在用魔法召来的由龙驾着的车上腾空而去，离开了她复仇的现场。伊阿宋知道，再也没有希望惩罚她了。绝望攫住了他的心，对阿普绪耳托斯的谋杀又在撞击他的灵魂。于是，他便举剑自刎，倒在他房间的门槛上。

赫剌克勒斯

赫剌克勒斯是宙斯与阿尔克墨涅的儿子。宙斯的妻子赫拉嫉恨她的情敌阿尔克墨涅，也嫉妒她的那个被万神之父宙斯宣布的有伟大未来的儿子。自从阿尔克墨涅生下赫剌克勒斯，阿尔克墨涅就认为儿子待在王宫中不安全，因此把他放到另外一个地方，这个地方后来被称作赫剌克勒斯之地。如果不是一个美妙的奇遇，这个孩子在此地肯定会被忽视。一天，他的敌人赫拉在雅典娜的陪伴下路过这里，雅典娜惊讶这个孩子有如此美丽的外表，赫拉怜悯他，并把他抱在胸前，让他吸吮万神之母的乳汁，可是这个孩子吸吮的力道太大，不是他同龄人可比的。赫拉感到疼痛，气愤地把孩子扔到地上。雅典娜无限怜悯地把他又抱了起来，带到离此最近的城市，把他当作可怜的弃婴交给这里的皇后阿尔克墨涅，请求她仁爱地抚养他。这也就是说赫剌克勒斯是被他的敌人救起的，并且这个敌人还是他的继母。赫剌克勒斯在赫拉的乳房上留下了一排牙印，虽然只喝了几滴神的乳汁，但足以让他不死。

阿尔克墨涅一眼就认出了自己的孩子，欢喜地把他放入摇篮。赫拉这时也意识到曾在她怀里的是谁，并察觉到自己粗心地错过了报复的机会。她马上命令两条可怕的蛇去咬死这个婴儿。两条蛇爬过阿尔克墨涅卧室敞开的门，在熟睡的母亲和女仆们发觉以前，爬到摇篮里，缠住了孩子的脖子。赫剌克勒斯被惊醒，哭叫起来，并抬起头，第一次证明他超人的力量——他两只手各抓住一条蛇的脖子，只用力一捏就掐死了它们。

女仆们这时才发现两条蛇，但由于巨大的恐惧，不敢上前。阿

尔克墨涅被孩子的哭声惊醒，从床上跳下来，还没来得及穿鞋，就惊叫着冲了过去，发现她的儿子已经扼死了两条毒蛇。忒拜的贵族们听到呼救声，也拿着武器冲了进来。国王安菲特律翁，这个把义子看作宙斯赐予的礼物的人，手拿着剑也冲了进来，站在那里，看到和听到这里发生的一切，对这个新生儿的神力感到又高兴又惊惧。他把这件事当作一个先兆，召来了宙斯赋予先知和预言能力的忒瑞西阿斯。他对国王、王后以及在座的所有人预言：这个孩子将如何杀死陆地、海上的巨怪，如何战胜巨人，如何经历人间苦难并最终享有神祇们永生的生命，以及与永葆青春的女神赫柏结婚。

忒修斯

伟大的英雄，雅典的国王忒修斯，是埃勾斯和特洛曾国王庇透斯的女儿埃特拉所生。在忒修斯出生以前，埃勾斯忧心忡忡，担心他的婚姻不能带来子嗣。他，当年的雅典国王，非常惧怕他兄弟帕拉斯的五十个儿子，因为他们都对他心怀敌意，蔑视他这个没有儿子的人。因此他就想瞒着妻子再娶，希望得到一个儿子，让他成为他晚年的依靠和王位的继承人。他把这个心思透露给了朋友——特洛曾小城的建造者庇透斯。幸运的是，庇透斯恰恰得到了一个奇特的神谕：他的女儿会缔结一个并不光彩的婚姻，但她将生出一个声誉卓著的儿子。

这个神谕促使庇透斯把女儿埃特拉秘密地嫁给这个有家室的男子。秘密地娶了埃特拉以后，埃勾斯只在特洛曾待了几天就返回雅典。当他在海岸与新娶的妻子告别时，他把宝剑和鞋藏在一块巨石下面，对她说："我跟你结婚，不是因为我轻率，而是为了给我的家族和王国造就一个继承人。如果是神明缔造了我们的婚姻，又保佑我们结合，让你生一个儿子，那么你就要秘密地把他抚养成人，千万不要告诉任何人他的父亲是谁。等他长大，有足够的力气搬开这块巨石的时候，你就把他领到这个地方，让他把剑和鞋取出，让他到雅典去见我。"

埃特拉果真生了一个儿子。她给他取名忒修斯，让他在外祖父庇透斯的照顾下成长。遵照丈夫的叮嘱，她一直隐瞒着孩子父亲的真名实姓。他的外祖父则散布传言，说他是波塞冬的儿子。这个孩子长大后不仅具有健壮美丽的身体，而且机智勇敢，意志坚强。这时他母亲埃特拉便把他带到那块巨石前，告诉他真实的出身，叫他取出父亲埃勾斯留下的信物，乘船到雅典去。

忒修斯用身体顶住巨石，轻而易举地把它推到了后面。他穿上鞋，把宝剑挎在腰间。虽然外祖父和母亲苦苦劝他，说从陆路走越过伊斯特摩斯地峡到雅典去很危险，因为到处都有强盗和歹徒出没，但他还是拒绝从海上走。忒修斯非常钦佩英雄赫剌克勒斯，一心向往做出同样的功绩，便不耐烦地说："要是我给父亲带去一双一尘不染的鞋和一把没有血迹的剑，那么传言中是我父亲的那位神明将会怎样去想，他会认为我在他安全的海水怀抱里进行怯懦的旅行。我真正的父亲又会说什么呢？”这一席话说得外祖父心花怒放。他当年也是一位勇敢的英雄啊。母亲为他祝福，忒修斯走上征程。

他在路上最先遇到的是拦路大盗珀里斐忒斯，此人手中的武器是一根铁棍。当忒修斯来到厄庇道洛斯地区时，这个大盗就从幽暗的树林里冲出，挡住他的去路。但这少年满怀信心地朝他喊道：“可怜的强盗，你来得正是时候！你的铁棍正好可以成为世上第二个赫剌克勒斯手中的武器。”喊声未落，他便冲向强盗，交战片刻就把强盗杀死。他从死者手中拿起铁棍，作为胜利品和武器带走了。

他在科林斯地峡遇到了另一个恶徒，名叫辛尼斯，外号“扳松贼”。人们这么叫他，是因为每当过路人被捉，他就用大手扳弯两棵树的树枝，把他的俘虏绑在两边的树枝上，然后让树枝回弹把人撕成两半。忒修斯挥起铁棍打死了这个恶魔。

忒修斯不仅沿途肃清坏人，而且勇敢地与害人的野兽搏斗。其间，他杀死了那头名叫菲阿的克罗米俄尼亚的猪。这不是一种普通的家畜，而是一只很难制服的好斗的野兽。

忒修斯一路奔走，最后到达墨伽拉的边界。在这里他碰到了第三个臭名昭著的劫匪斯喀戎。此人总是伸出腿来，狂妄地命令外乡人给他洗脚，然后趁他们为他洗脚时，一脚把他们踹到海里去。现在忒修斯对他本人进行同样的惩罚：忒修斯蹲伏等待，他一出现，便冲向他，把他撞到大海的波涛中。

忒修斯又走了一小段路，遇到最后一个最凶残的劫匪达玛斯忒斯，外号“铁床匪”。这个歹徒有两张床，一张很短，一张很长。如果是一个很矮的外乡人落入他手中，这个邪恶的匪徒会把外乡人领到那张长床上去睡觉，然后说：“你瞧，我的床对你来说太长了。朋友，让我把你弄得跟床一样长吧！”说着，劫匪就把外乡人拉长，直到他气绝身亡。如果来的是一个高个子的外乡人，他就把外乡人带到短床旁边，对他说：“很抱歉，朋友，我的床不适合你，它太小了。我倒是可以帮帮你！”于是，他把来人超过床长的双脚剁掉。如今，忒修斯以其人之道还治其人之身，把这个身材高大的“床头匪”抛在短床上，用剑砍断他过长的身躯，致使他痛苦地死去。

直到这时，我们的英雄在整个旅途中都没有碰到一件开心的事。当他来到刻菲索斯河畔，才遇到几个费塔利得斯族的男子，受到他们热情的接待。他们应忒修斯的要求，洗净他身上的血污，然后把他留在家中做客。忒修斯稍事修整，便衷心谢过那些勇敢正直的人，动身到他父亲的家乡去。

在雅典，这位年轻的英雄没有看到他所希望的和平与欢乐，全城一片混乱，城市四分五裂。他发现父亲埃勾斯也身处不幸。美狄亚乘坐毒龙驾着的车子离开科林斯和伊阿宋，来到雅典。她许诺用魔药使老埃勾斯重新获得青春的活力，再神不知鬼不觉地得到他的宠幸。然后，国王就跟她亲密地同居了。

美狄亚依靠魔力预先得到了忒修斯到来的消息，于是蛊惑埃勾斯说，她认为这个青年是刺探他的一个危险奸细，让他千万不能把他当作自己的儿子，应该假装把他当作客人来款待，然后毒死他。

忒修斯进早餐时，并没有亮出自己的身世，他是想等父亲亲自认出他是谁，到时再满心欢喜一番。毒酒已经摆在他的面前，美狄亚正焦急地等待他抿上几口毒酒，因为她害怕被他赶出宫去。忒修斯虽然很想饮酒，但更期望得到父亲的拥抱。他抽出父亲在巨石下留给他的宝剑，希望父亲能根据这把宝剑认出他来。埃勾斯一看见这把十分熟悉的宝剑，立刻把斟满毒酒的杯子打翻在地，非常愉快地拥抱了儿子。这位父亲立刻把忒修斯介绍给聚集起来的民众，民众热烈欢呼，并向他致意。嗜杀成性的美狄亚则被赶出了这个王国。

俄狄浦斯

拉伊俄斯是忒拜的国王。他跟城里的贵族墨涅扣斯的女儿伊俄卡斯忒结婚后，过了很久也没有子女。因为渴望得到子嗣，他便向得尔福的阿波罗请了一道神谕，神谕的内容却是："拉布达科斯的儿子拉伊俄斯！你祈求得到一个儿子。好吧，你将会有一个儿子。但你要知道，命中注定你将死在亲生孩子的手里。这是克洛诺斯之子宙斯的旨意，因为他听到珀罗普斯的诅咒，说你过去曾抢走他的儿子。”就是说，拉伊俄斯年轻的时候曾逃离本国，在伯罗奔尼撒半岛被国王的宫廷接纳为客，但他不知感恩，反而拐走了珀罗普斯国王英俊的儿子克律西波斯。拉伊俄斯知道自己曾犯下这一罪过，对神谕深信不疑，长时间与妻子分居。但是，他们彼此之间真心相爱，便再也顾不得命运的警告，又在一起同居了。伊俄卡斯忒最终还是为她的丈夫生了一个儿子。

在孩子降生以后，为了逃避神的裁定，他们刺穿了新生刚满三天的婴儿的脚脖子，捆绑后让人把孩子抛到喀泰戎荒山里去。但执行这个残忍命令的牧人对这个无辜的婴儿起了怜悯之心，便把孩子交给了同一座山里为另一个国王波吕玻斯牧羊的牧人。执行命令的牧人回到宫里，在国王和王后伊俄卡斯忒面前佯言已经把婴儿抛进荒山。国王夫妇相信那孩子没被饿死或冻死，也得被野兽撕碎，这样神谕就不会实现了。他们抚慰自己：牺牲儿子，就避免了他犯下弑父之罪。于是，他们过上了轻松愉快的日子。

波吕玻斯的牧人解开婴儿脚上的绑带，但他不知道这个孩子是从哪里来的，便根据脚上的伤取名俄狄浦斯，意思是“肿胀的脚”。然后，牧人把孩子带到科林斯送给主人波吕玻斯国王。国王很同情这个弃婴，把他交给妻子墨洛珀当作亲生儿子抚养。宫里和全国的人都把这个孩子当作国王的儿子对待。他成长为一个青年王子以后，一直被视为最高尚的公民，自己也在幸福生活中被确定为国王波吕玻斯的儿子和王位继承人，要知道国王除他之外没有别的子女。这时，

发生了一个偶然事件，他突然失掉自信，跌进自我怀疑的深渊。

有一个科林斯人，他老早就出于嫉妒而仇视俄狄浦斯。在一次宴会上，他竟然醉醺醺地冲着俄狄浦斯喊叫，说他不是国王真正的儿

子。这声非议给了他沉重的打击。第二天早上，他来到父母面前，请求他们告诉他自己的身世。波吕玻斯和妻子对说这话的恶意挑拨者十分愤怒，他们竭力排除儿子的疑虑。从父母言谈中体会到的爱虽然使他略感舒畅，但从那一天起，怀疑一直折磨着他，因为那个人所说的话给他留下了深刻的印象。

他终于悄悄地离开了王宫，连父母都没告诉一声，就去寻觅得尔福的神谕，希望听到神对那句破坏他名誉的责难的驳斥。但太阳神阿波罗对他的问题不屑回答，反而向他揭示出一个更可怕的不幸。“你将杀死你的亲生父亲，”神谕说，“你将娶你的生母为妻，生下可憎的后代留在人间。”听了这番神谕，俄狄浦斯心里有说不出的恐惧。他相信，波吕玻斯和墨洛珀这样慈爱的父母，才是他真正的双亲。他不敢回家，因为他害怕命运女神会驱使他杀死亲爱的父亲，然后与母亲结成邪恶的乱伦婚姻。

离开得尔福，他走上了去玻俄提亚的路。突然，他看见一辆马车朝他走来，车上坐着一位不相识的老人、一个使者、一个驭手和两个仆从。赶车的人粗暴地把这个走在同条狭路上的步行者挤出路外。天生易怒的俄狄浦斯顺手给了那个驭手一拳。那位老人看到这个青年竟然如此鲁莽，便急忙抓起手边的双排钉棍，朝着青年的脑袋重重地一击。这一下，俄狄浦斯暴怒了。他第一次发挥神赐的英雄伟力，立即举起他旅行用的木杖，使劲打了一下老人，结果老人眨眼间就背朝下从车座上滚了下去。一场恶斗过后，原来车上的人除了一人逃脱，其他人都被俄狄浦斯打死了。俄狄浦斯继续走他的路。

俄狄浦斯认为，他干的事只不过是出于自卫。他遇到的那位老人没有任何标志表明自己的高贵身份。但这个被击毙的老者正是拉伊俄斯，忒拜的国王，俄狄浦斯的真正父亲。拉伊俄斯是要到皮提亚神殿才走在这条路上。父子二人竭力规避的预言还是变成了现实。

罗穆路斯

罗穆路斯是神话传说中古罗马的奠基人和第一任国王。关于他的出身众说纷纭，流传最广的传说是，他是战神玛尔斯和瑞亚·西尔维亚的儿子，努弥托耳的外孙，瑞穆斯的孪生兄弟。有一次，瑞亚·西尔维亚去打水（那时她已是维斯塔女神庙的贞女），躺在河畔睡着了，玛尔斯从天上下来，使她怀了孕。瑞亚·西尔维亚的叔父阿穆利乌斯发现她已怀孕并快要临产，下令把她打入监牢。这对孪生兄弟出生之后，阿穆利乌斯派人把他们放在篮子里丢进台伯河。当时正值雨季，河水已漫过河岸，篮子不仅没有随水流入大海，反被一股逆流冲到戈耳玛洛斯山的低坡上。这对婴儿被冲到一棵无花果树下。一只刚下过崽的母狼喂养了他俩。据说，这只母狼是玛尔斯派来照顾自己孩子的。不久，王室的牧羊人浮斯图路斯发现了这对婴儿，并把他们带回家。浮斯图路斯和妻子阿卡·拉壬提亚把他们哺养成人，分别起名罗穆路斯和瑞穆斯，之后又送他们到那一地区的教育中心伽比伊上学。学业结束后，罗穆路斯兄弟俩又回到浮斯图路斯那里当牧人，有时也参与抢劫。一天，瑞穆斯和邻近的一些青年偷袭了阿穆利乌斯的牧羊人。这些牧羊人正在阿文丁山上为国王放牧羊群。他们进行抗击，结果瑞穆斯被捉住，并被带到国王面前受审。

罗穆路斯没有参与此事，回家后才得知此事。浮斯图路斯把他出生的秘密告诉了他，要求他马上去救瑞穆斯。罗穆路斯率领一队青年朋友匆忙赶到阿尔巴，杀入王宫。罗穆路斯向国王阿穆利乌斯阐明了自己的出身，揭露了国王的罪行，然后把他杀死，救出瑞穆斯。兄弟俩把王位还给他们的外祖父努弥托耳，之后他们决定建立一座城。这座城在帕勒斯节的 4 月 21 日建成，年代说法不一，公元前 754、752 或公元前 772 年。罗穆路斯以自己的名字命名此城为罗马，自任第一任国王。之后，罗穆路斯考虑增加罗马城的人口。由于那一地区的人口很少，所以他想在两处圣林间的卡庇图尔山上建立一个避难所。所有意大利的罪犯、杀人犯、被流放的、欠债的甚至逃跑的奴隶，都可以到那里避难。这些人就是罗马第一代人的核心。因此那时的罗马不缺乏男人，而缺少女人。罗穆路斯考虑从他的近邻萨宾人那里抢女人。为达此目的，罗穆路斯在孔苏斯节举行了赛马，周围的人们都带着他们的妻室儿女前来参加。一见信号，罗穆路斯的人就把所有的年轻女子抢走，大约有 500 人，她们当中只有赫耳西利亚是已婚的。萨宾人极为愤慨，他们的国王提图斯·塔提俄斯很快就集合起队伍向罗马进攻。一支萨宾人的军队企图从背后偷袭罗马人，结果雅努斯神使一个温泉向外喷热水，挡住了他们的去路。但萨宾人不断进攻，迫使罗马人后撤，一直退到帕拉丁山脚下。这时，罗穆路斯向朱庇特祈祷，如果朱庇特能改变战场局面，事后罗穆路斯将在此为朱庇特建立神庙。朱庇特答应了罗穆路斯的恳求，罗马人不再后撤，并迫使萨宾人狼狈逃窜。后来罗马人和萨宾人和好，成为一个国家。有的传说是被抢劫的萨宾妇女跳入战场中间，乞求她们的父亲、兄弟和新婚的丈夫停止血战，才使双方和解。罗穆路斯治理罗马 33 年，54 岁时升天。在 7 月 7 日的诺涅斯节上，他正在检阅军队，这时突然狂风骤雨，遮天蔽日。风雨过后，人们从掩体里出来，发现国王不见了。后来，人们才知道国王罗穆路斯已被众神接到天上，成为奎里努斯神。